자살 신호가 감지되었습니다

정온샘 장편소설

자살 신호가 감지되었습니다

정온샘 장편소설

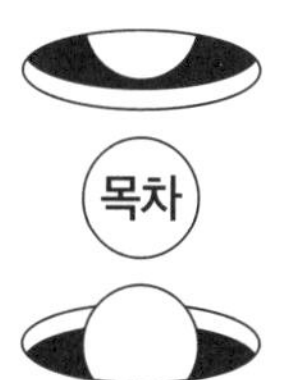
목차

매일 같은 꿈을 꾼다. 3년째 반복되는 꿈이라면 익숙해질 법한데, 이 악몽은 도무지 그렇지가 않다. 어둠 속에 홀로 앉아 있는 엄마. 고개를 푹 숙인 엄마의 정수리는 외로운 등을 닮았다. 위로하고 싶은 마음에 걸음을 옮겨 다가가려 하지만 나는 서 있는 그곳에서 단 한 발자국도 움직일 수 없다. 할 수 있는 건 수평선에 닿기를 바라며 물수제비를 뜨듯이 외마디 말을 건네는 것뿐.

"엄마, 괜찮아?"

혹시 울고 있는 건 아닐까. 나는 이리저리 몸을 흔들어 고개 숙인 엄마의 얼굴을 살펴보려고 애써보았다. 하지만 내 팔과 다리는 모두 남의 것인 듯 뜻대로 움직여 주지 않았다. 엄마가 바로 앞에 있는데 할 수 있는 게 아무것도 없다는 사실에 점점 더 무기력해졌다. 서서히 가슴이 갑갑해지고 순간, 물속에 빠진 듯 숨이 가빠왔다.

〈회영 님, 괜찮으세요?〉

거칠게 숨을 쉬며 눈을 떴다. 흐릿한 시야에 빛이 서서히 들어오기 시작했다. 곧이어 익숙한 창문과 블라인드가 눈에 들어왔다. 창문 너머 먼 곳에서 자동차의 경적이 들려왔다. 내 방이구나. 안도감에 크게 숨을 내쉬어 보았다. 오늘도 나는 여전히 살아 있다.

블라인드 사이를 비집고 들어오는 햇살이 어제보다 한 움큼 더 자라 있었다. 시계를 보니 7시 5분. 맞춰놓은 기상 시간보다 5분 늦었지만 알람 소리는 없었다. 악몽을 꾸는 중에 혹여 내가 놀랄까 봐 걱정한 D가 알람 대신 제 목소리로 날 불렀을 것이다. D는 내가 정신을 차릴 때까지 기다렸다가 말을 걸기 위해 숨을 고르는 것 같았다. 꼭 사람처럼.

〈또 나쁜 꿈을 꾼 거예요?〉

침대 옆 탁자에 놓여 있는 D-110. 줄여서 D라고 부르는 인공지능 스마트워치. 은빛 시계 판과 진갈색 가죽 줄에는 LHY, 이희영이라는 내 이름의 약자가 꼭 문신처럼 새겨져 있다. 일어날 때부터 잠들 때까지 내 옆을 지켜주는 비서 같은 존재이지만, D의 기능이 어디까지인지 나는 알지 못한다. D가 정말로 무슨 일까지 할 수 있는지는 개발 중인 제품이라며 나에게 D를 선물한 당사자만 알고 있겠지.

내가 굳이 짚어 말하지 않는 한, 주위 사람들은 D가 스마트워치인지조차 알아채지 못한다. 아날로그 시계로 위장한 D는 사람들과 함께 있을 땐 쉽게 제 목소리를 들려주지 않는다. 낯을 심하게 가리는 친구라도 되는 듯이 D의 목소리를 온전히 들을 수 있는 것은 오직 나뿐이다.

그런 귀한 목소리로 D가 어젯밤 수면 시간과 수면의 질을 설명하는 동안, 나는 냉장고를 열어 시원한 물을 따라 마셨다. 자는 사이 식은땀을 흘렸는지, 어깨와 목에 차갑고 끈적한 느낌이 남아 있었다.

〈기상 모드 On.〉

D는 내게 말을 건넬 때보다 낮은 톤으로 집 안 곳곳에 연결된 전자 기기에 명령을 내린다. 나는 실내용 슬리퍼를 발등에

반쯤 걸친 채 욕실로 향했다. 모든 방의 블라인드가 리듬을 맞추듯 좌우로 흔들리며 서서히 창밖의 아침을 펼치고, TV에서 들리는 아침 뉴스가 익숙하지만 분주한 아침을 알려왔다.

D가 하는 일은 이것뿐만이 아니다. 기기들로 집을 깨끗이 청소하고, 실내 습기에 따라 에어컨을 조절하며, 내가 먹을 영양제와 출근 전 날씨에 맞게 입을 옷을 골라주는 일까지……. 이 집을 장악하고 있는 건 내가 아니라 D였다. 이 아이가 없었다면 내 삶은 지금처럼 깨끗하고 평화로울 수 없었을 것이다. 방 한가운데에 딱 한 명이 지나갈 수 있는 공간만을 남긴 채 커다란 옷 더미가 쌓이고, 엄마는 그 옷 더미를 해체해 하나씩 팔에 걸치며 잔소리를 했겠지.

'너랑 똑같은 딸 낳아서 키워야 엄마 마음을 알지!'

그 잔소리가 따스한 관심이라는 걸 나는 안다. 그러나 깨달음과 엄마의 생사는 아무런 관계가 없다. 엄마의 사랑스러운 잔소리는 결국 내 기억 속에 갇힌 채 공허하게 울린다. 엄마의 부재를 깨닫는 건 악몽 속이 아니다. 매일 아침 나갈 채비를 하고 다시 일상을 준비하는 순간, 아니 실은 눈을 뜨고 있는 모든 순간에 나는 엄마가 세상에서 사라졌음을 사무치도록 느낀다. 등 뒤에서 D의 목소리가 들려왔다.

〈아침은 야채 죽이에요. 입맛이 없어도 꼭꼭 씹어 드세요. 그래

야 처방받은 약을 먹을 수 있으니까요.〉

D를 처음 만난 건 엄마가 돌아가시고 몇 주가 지난 어느 날이었다. 엄마의 가장 친했던 친구이자, 지금은 내가 다니는 생명보호처의 상사인 임 처장님이 네모난 탁자 위에 상자 하나를 올려놓았다. 나는 말없이 상자를 열어 그 안을 살폈다. 당시엔 스마트워치의 유행이 사그라든 시기였기에 상자 안에 고요히 잠든 시계가 일반 시계와 다르다는 얘기에도 나는 아무 감흥 없이 "그렇군요." 하고 대답했다. 장담컨대, 일반적인 기계음이 들렸다면 D는 그 상자에서 나올 일조차 없었을 것이다.

〈이회영 님, 제 이름은 D-110이라고 해요. 편하게 D라고 불러 주세요.〉

세상에 정의되지 않은 듯한 음계로 편안하고 부드럽게 나를 부르는 그 목소리. 드뷔시(Claude Achille Debussy)의 '달빛'을 떠올릴 만큼 아름다운 목소리. D와 함께하게 된 건 그때부터였다. 수많은 밤을 재워주던 수면제를 대신한 D의 자장가에 불면증을 잊은 듯 곤히 눈을 감는 날이 늘어갔다. 그 목소리 때문에 3년 전부터 매일 D에게 매달린 채 연명하듯 살아가는 중이다. 이런 생활에 크게 불만을 느끼지는 않는다. 가끔 더 이상 살지 않아도 되겠다는 상념을 몰래 삼키기는 하지만…….

〈햇살 좋은 거 보여요? 오늘 날씨는 100점 만점에 120점이에요. 날씨가 더워져서 재킷은 생략했는데, 괜찮죠?〉

D가 골라놓은 파스텔 톤의 민트색 셔츠와 검은색 슬랙스가 옷장에서 나를 기다리고 있었다. 내가 입는 옷에 대한 호오도, 관심도 없기에 D가 추천한 대로 옷을 갈아입자 출근 준비는 끝난 것처럼 보였다. 무심히 신발을 신고 나가려는데 D가 애타는 목소리로 나를 불렀다.

〈회영 님.〉

뒤를 돌아보니 D가 붉은 경고등을 깜박거리며 말을 이었다.

〈처장님께서 언제 어디든 저랑 꼭 붙어 다니라고 하셨잖아요.〉

D가 사람이라면 어떤 표정을 지었을지 상상이 된다. 서당 개 3년에 풍월을 읊듯 인공지능과 3년을 동고동락하니 그 얼

굴을 떠올려 보는 건 어렵지 않은 일이 되었다. 사랑스러운 미소로 애써 가려보려고 하지만 금방이라도 울 것 같은 얼굴. 나는 마지못하다는 표정으로 거실로 돌아가 D를 손목에 채웠다. D의 화면이 하얀 바탕에 금색 시침이 그려진 아날로그 시계의 모습으로 바뀌었다. 문득 D의 초침 소리를 자세히 듣고 싶어 손목을 귀에 가까이 갖다 대보았는데, 초침 소리 대신 속삭임이 들려왔다.

〈퇴근하고 집에 오면 따뜻한 욕조에서 차가운 맥주 마셔요. 그러니까 오늘도 힘!〉

나보다 더 감정이 풍부한 주인을 만났더라면 D는 더 많은 사랑을 받을 수 있었을 것이다. 하지만 내가 혼자가 된 것과 마찬가지로, D가 나에게 온 것도 우리의 의지와는 상관없는 일이었다. 나는 손목을 내리고는 빠른 걸음으로 아파트 현관을 빠져나와 대기 중인 자동차 뒷좌석에 올랐다. 차의 시동이 켜짐과 동시에 안전벨트가 저절로 내 어깨를 타고 내려왔다. 적막 속에서 움직이던 전기 자동차는 대로변에 나와서야 속도를 올리기 시작했다. D 역시 차의 리듬에 맞춰 오늘의 날씨를 알려주었다.

〈2030년 7월 30일. 기온 26도. 습도 40%. 미세 먼지 상태도 매우 좋네요. 언제나 맑은 날씨이기는 하지만요. 오늘은 습도와 온도의 조화가 특히 환상적인 것 같아요.〉

현재, 서울의 모습은 10년 전과 크게 다르지 않아 보인다. 그러나 보이는 모습과 달리 세상의 많은 면이 달라졌다. 미세 먼지도 그중 하나다. 2년 전, 미세 먼지를 공기 중에서 녹여 깨끗한 정수로 바꾸어 내리게 하는 화학물질이 개발되었다. 정부는 드론을 이용해 이 화학물질을 매일밤 하늘에 흩뿌리고 있다. 그래서 자정 이후에는 항상 옅은 비가 내린다. 그리고 다음 날 아침이면 서울에서 서울 너머에 있는 고층 빌딩이 맨눈으로 보일 정도로 깨끗한 공기를 마주하게 된다.

D가 틀어준 뉴스에서는 아직도 수많은 개발도상국에서 예전의 우리처럼 미세 먼지 때문에 파란 하늘을 보지 못하고 있다는 소식을 전하고 있었다. 빈부에 따라 달라지는 하늘의 빛깔이라니. 세상이 발전할수록 소외된 것들은 세상에 없는 듯 감춰지고 숨겨진다. 미세 먼지로 흐린 하늘, 빈부 격차에 따라 높아지는 자살률과 우울증. 마치 내 속을 읽기라도 한 듯 앵커의 목소리가 조금씩 작아지며, D가 말을 걸어왔다.

〈날씨가 꼭 여름 같죠? 아침인데도 햇볕이 따뜻한 걸 보면…….

경치 좋은 길로 갈까요? 조금 돌아가기는 해도, 8시 47분까진 생명보호처 주차장에 도착할 수 있어요. 그럼 지각도 안 하고, 기분 전환도 하고 좋잖아요.〉

경치 좋은 길이라면 한강을 가로지르는 대교를 말하는 것이다. 엄마는 늘 한강을 건널 때마다 경치를 보며 감탄하곤 했다.

'세상에 서울처럼 아름다운 도시가 있을까 몰라.'

'왜 없어? 지구에 예쁘고 멋진 도시가 얼마나 많은데! 내가 5년만 돈 모으면 우리 같이 여행이나 다닐까? 엄마는 어디 가고 싶은 나라 없어?'

팔짱을 끼고 되묻는 나를 보는 엄마의 얼굴에서 웃음이 사라지는 것을 내가 발견했었다면 엄마는 죽지 않았을까? 엄마 말이 전부 다 맞다고, 서울이 가장 아름다운 도시라고 맞장구를 쳤다면 모든 게 달라질 수 있었을까. 엄마와의 추억은 한번 떠오르면 쉽사리 가라앉지 않았다.

덕분에 D에게 대답할 타이밍을 놓쳤지만, 내비게이션 경로는 자연스레 변경되어 이미 한강으로 향하고 있었다. 자율주행 자동차가 한강이 보이는 4차선 도로를 달리기 시작하자 나도 모르게 창밖의 풍경을 바라보았다.

하늘을 찌르는 것 같은 남산타워와 한강 근처의 고층 빌딩들이 서울의 스카이라인을 조금씩 다듬고 있었다. 빌딩에 가득한 유리창을 아침 햇살이 비추어 화려한 조명을 만들어내자 잔잔하게 출렁이는 물결 위로 별이 쏟아진 듯 빛이 반짝였다. 이것이 엄마가 서울을 좋아하는 이유였을 것이다. 엄마는 어떻게 세상을 떠날 결심을 할 수 있었을까. 이렇게 아름다운 경치를 두고, 이렇게 엄마를 사랑하는 나를 두고.

〈회영 님, 처장님으로부터 온 메시지 확인 안 하세요? 어제저녁에 전화도 하신 걸 보면 중요한 일이 있는 것 같은데요.〉

그제야 어젯밤, 스마트폰에 떠오른 부재중 전화 표시를 보고 그냥 지나쳤던 것이 떠올랐다. 이대로 메시지를 무시한 채 생명보호처 건물에서 처장님을 마주쳤다간 마땅한 변명을 할 수 없을 것 같았다.

나는 스마트폰을 들어 확인했다. 부재중 전화 2통과 메시지 1통이 기록에 남아 있었다.

[출근하면 내 사무실로 잠깐 올래? 못 본 지 오래돼서 얼굴 잊어버릴 것 같구나.]

생명보호처의 기관장이기 전에 내겐 엄마의 친구. 처장님과 엄마는 고등학교 1학년 때부터 가장 친한 친구 사이였다. 성격도 취향도 달랐던 둘은 어느새 경쟁하듯 서로를 닮아갔고, 서로에 대한 모든 것을 공유했다. 결국 둘은 눈빛만 보아도 무슨 얘기를 꺼낼 줄 알기에 말보다 웃음을 먼저 터뜨리는 사이가 되었다. 같은 대학교에 입학하기 위해 밤을 새워 공부할 정도로 돈독했던 둘은 입학 후 전혀 다른 인생을 걷기 시작한 것이다.

[사무실만 들렀다가 바로 가겠습니다.]

나는 건조하게 메시지에 답했다. 전송 버튼을 누르고 나자 긴장 때문인지 손에서 축축한 식은땀이 만져졌다. 엄마가 돌아가신 후 처장님을 만나는 건 힘에 부치는 일이 되어버렸다. 내가 느끼는 부담감을 처장님이 알게 된다면 자신의 가장 친한 친구를 잃었을 때만큼 고통스러워할 것이다. 그리고 내 불편한 마음이 완벽하게 편안해질 때까지 그 어떤 노력도 아끼지 않을 게 분명하다. 그게 처장님 앞에 설 때마다 내가 불행하지 않은 척 연기하는 이유다. 일렁이는 물결의 아름다움이 더는 눈에 들어오지 않았다.

우리 팀 사무실은 생명보호처 끝 동에 위치하고 있다. 전면이 유리창으로 되어 있는 생명보호처 대부분의 사무실과는 달리 2층 복도 구석에 위치한 우리 사무실의 창문은 보통 사무실의 것보다 크기가 작았다. 사무실 위치와 공간의 구조만으로도 우리 팀이 생명보호처에서 정체 모를 스파이 취급을 받고 있다는 걸 알 수 있다. 사무실 문을 열고 들어서니 남 팀장님과 희태가 사무실 한가운데에 있는 원형 테이블에 앉아, 머리를 맞댄 채 무언가를 뚫어지게 보고 있었다. 그들의 모습에 개의치 않고 인사말을 건네고 자리에 앉으려는데 남 팀장님이 빠른 손짓과 함께 나를 불렀다.

"희영! 빨리 이쪽으로 와봐. 지금 완전 심각해."

별일 아닐수록 별나게 구는 남 팀장님의 성격을 알고 있기에 나는 태연하게 가방을 자리에 놓고 테이블을 향해 걸어갔다.

"무슨 일 있으세요?"

희태가 대답 대신 자신의 손목을 나에게 내밀었다. 얼굴에 해사한 미소를 머금은 채였다. 손목에는 동그란 시계 하나가 채워져 있다. 고급스러운 은색 메탈 시계처럼 보였으나, 시계 속 움직이는 그래픽을 보아 스마트워치인 것 같았다. 스마트워치는 내 눈길을 인식한 듯 화려한 동영상을 멈추고는 현재 시각을 보여주었다. 희태가 제 손목을 이리저리 움직여 보이며 한참 동안 새 시계의 대단함에 대해 설명했다. 하지만 설명을 들어보니 D처럼 대화하는 기능은 없는 것 같았다. 나도 모르게 내 손목에 손이 갔다. 팔목 위에 D의 부드러운 가죽이 느껴지자 왠지 모를 불안감을 떨칠 수 있었다.

"여자 친구랑 맞춘 커플 AI 시계예요. 고급스럽고 예쁘죠?"

"예쁘네."

희태는 건조한 내 대답에도 그저 만족한 듯 시곗줄을 풀러 내 눈앞에 그것을 더 가까이 보여주며 말을 이어갔다.

"요즘 AI 시계는 생체리듬을 분석해서 알아서 입을 옷도 골라줘요. 데이트하는 날엔 커플 룩으로. 신기하죠?"

내 팔목에 있는 시계가 실은 희태가 자랑하는 그 모든 기능 이상의 것들이 가능한 특별한 것이라는 대답으로 산통을 깰 수는 없었다. 내가 희미하게 웃으며 끄덕이자 옆에서 구경 중이던 남 팀장님이 희태의 손에서 시계를 빼앗아 자기 손목에 채워보며 믿을 수 없다는 듯 갸웃거렸다.

"난 진짜 적응 안 돼. 과학기술이 어떻게 몇 년 만에 이렇게 발전하냐고. 우리 팀이 쓰는 타임머신도 그렇고."

○●○

3년 전 여름은 20년 만에 기록적인 더위를 맞이한 해였다. 그러나 기록을 경신한 건 비단 날씨뿐만이 아니었다. 매우 빠른 속도로 인공지능이 발달하면서 인공지능에 자신의 정보를 제공하는 계층과 그 정보를 이용하는 계층으로 나뉘고 빈부 격차는 더욱 심해졌다. 노력해도 안정적인 생활을 영위할 수 없거나, 알 수 없는 우울감을 느끼는 사람들로 매년, 매달 자살률은 높이 치솟기만 했다.

차마 세기 어려울 만큼 수많은 죽음 중, 다른 사람도 아닌 엄마의 죽음이 사회에 경종을 울렸다는 게 나는 아직도 믿어지지 않는다. 전혀 불행해 보이지 않았던 40대 여성 이지은이라는 한 개인의 죽음에 우리 사회가 거창한 무엇을 깨달았거나 진지하게 반성을 시작한 것은 아니었다. 그저 이미 준비된 법령에 이름을 가져올 대상을 물색한 결과였다. 엄마의 사고 직후 대한민국에는 자살 방지법, 엄마의 이름을 딴 속칭 '이지은 법'이 제정되었다.

이로써 자살은 도의적 측면으로 볼 때뿐 아니라 법적으로도 엄격한 금기 사항이 된 것이다. 스스로 죽기를 선택한 후 살아남은 사람들은 재판을 받는다. 그리고 재판 결과에 따라 치료 보호에서 징역형까지 양형을 선고받고, 교도소에서 일주일에 20시간 이상 정부가 지정한 노동을 해야 한다. 노동은 기계에 부품을 끼우거나 나사를 돌려 조립하는 단순한 일이 주를 이뤘다. 기계로도 얼마든지 대체할 수 있는 일이지만 꾸준한 노동이 우울증을 경감시켜 자살의 재발을 방지한다는 전문가들의 의견에 따라 정해진 사항이었다. 이지은 법이 처음 입법 예고되던 날 사람들은 그래봤자 죽으면 끝이 아니냐며 비아냥댔다.

그러나 사람들의 비웃음과는 달리 죽음은 끝이 될 수 없었다. 과학기술의 발전은 인간의 수명뿐 아니라 죽음 자체에도 손을 대기 시작했다. 세계 각지에서 비밀리에 개발 중이던 타임머신이 놀랍게도 국내에서 가장 먼저 완성된 것이 그 불씨가 되었다. 아무도 예상하지 못한 일이었고, 처음엔 작은 성공에 불과했다. 최초로 개발에 성공했을 때, 돌아갈 수 있는 시간은 30분 전이 최대였다. 그러나 수십 번의 업그레이드를 통해 3시간까지 시간을 늘린 정부는 비밀리에 국제 및 국내 정서에 영향을 미치지 않는 미미한 범위 내, 공익적 목적에 한하여 타임머신을 사용할 것을 약속하고 국제기구와 협상을 완료했다.

일급 기밀 사항이라는 명목하에 타임머신은 자살로 인한 사망자를 구조하는 목적으로만 사용하기로 결정되었다. 해당 업무를 관리하는 생명보호처는 비밀리에 업무를 수행하는 팀의 이름을 '자살 예방 TF팀'으로 명명하였고 이 건물의 고립된 사무실에 갇힌 우리 셋이 바로 그 '자살 예방 TF팀'의 일원이 된 것이다.

엄마를 잃고 난 후, 다니던 마케팅 회사에서 해고를 당할 때까지 나는 어떠한 연락도 받지 않고 온종일 엄마의 침실에 누워 매일매일을 보냈다. 베갯속에서 느껴지던 엄마의 체취가 흐릿해질 무렵 처장님은 나를 찾아와 내가 자살 예방 TF팀에 채용되었음을 알렸다.

팀의 업무는 간단했다. 자살 사고가 발생하는 경우 TF팀은 타임머신을 이용해 자살 시도자의 행위 직전 시간으로 돌아가 그들을 물리적으로 방해한다. 그 과정에서 대상자들은 우리에게 소리를 지르거나 욕을 하거나 우리와 격렬하게 몸싸움을 벌이기도 한다. 하지만 법원 판결 후 병원이나 교도소에서 다시 만난 대상자들은 우리에게 감사의 인사를 건네곤 했다. 자신은 죽고 싶었던 게 아니라 죽지 말라고 손을 내밀어 줄 사람이 필요했었던 모양이라며 우리의 손을 꼭 잡은 채 눈물을 흘리는 사람도 여럿이었다.

3년이 채 안 되는 시간 동안 우리가 구한 사람은 총 99명이다. 겨우 99명이라고 비웃을지도 모르겠지만, 우리로서는 타임머신 안정화 이전 단계에서 구할 수 있는 최대의 인원이었다. 남 팀장님의 말에 따르면 100명을 구하고 난 후엔 임시 조직이 아니라 정규 팀으로 승격될 가능성도 있다. 정규 팀이 되면 우리의 일을 떳떳하게 알릴 수 있을지도 모른다는 이야기에 희태는 감격스러워했다.

희태는 주어진 일에 항상 불평불만 없이 최선을 다하면서도 늘 마음에 걸려 하는 게 있었다. 하루에 수백 명이 스스로 세상을 등지는 세상에서 그중 우리가 구하게 되는 사람이 어떻게 정해지는지 궁금하다는 것이었다. 우리 팀 내부에서 나름 격렬한 연구와 토론을 거듭했지만, 결국 구조 대상자의 선정은 AI 알고리즘에 따라 정해지며 그 논리 회로는 철저한 기밀에 붙여져 있다는 사실만 공고해졌다. 우리가 구조한 사람들의 프로필로 미루어 보았을 때 다시 살아나도 사회에 좋은 영향이든 악영향이든, 큰 영향을 미치지 않는 평범한 사람이 구조 대상으로 선택되는 것 같다고 짐작만 할 뿐이었다.

'타임머신'이라는 단어에 희태가 깜짝 놀란 듯 숨죽이며 검지를 남 팀장님의 입 앞에 갖다 댔다. 그러고는 비장하리만큼 진지한 얼굴로 속삭였다.

"남 팀장님! 또 타임머신이라고 하시면 어떡해요. 정식 용어 있잖아요. 하드웨어."

팀장님이 희태의 손가락을 자신의 팔 길이가 허용하는 한 최대한 멀리 치워버리며 말했다.

"희태, 우리 사무실 방음이 얼마나 잘되는지 아직 모르는구나. 희태 씨가 나랑 회영 선임 없을 때 몰래 게임하는 소리도 복도랑 옆 사무실에선 전혀 안 들리니까 걱정하지 마. 근데 정말 이지은 법 때문인가?"

무방비 상태에서 들려온 엄마의 이름에 내 몸은 뻣뻣하게 굳어버렸다. 처장님은 채용 전부터 회사 사람들은 물론 같은 팀원들에게 제정된 자살 방지법과 엄마의 관계에 대해 함구할 것을 신신당부했으므로 회사에서 나는 언제나 개인적인 일에 대해서는 입을 다물었다.

돌이켜 생각하면, 당시에 이곳에 불려와 누군가를 구하게 된 것이 나로서는 천만다행이었다. 그렇지 않으면 나는 엄마의 침실에서 영양실조에 걸린 채 그대로 세상에서 사라졌을 것이다. 채용 이후 나는 사람을 살리는 일만이 내 존재의 이유인 것처럼 일에 몰두했다. 엄마를 구하지 못한 죄책감은 생각보다 컸고 그 죄를 사죄하기 위해 누구보다 절박한 마음이었다. 마음속 부채를 갚아나가는 죄인의 마음을 가진 나와 달리 남 팀장님과 희태의 목적은 순수해 보였다. 온전히 타인을 살리려는 마음만으로 모든 구조에 마음을 다하는 것이 느껴질 때면 얼굴이 달아오르는 느낌이 들었다.

둘은 당연히 나 역시도 그들처럼 평범하게 나고 자란 사람이라 짐작했다. 나는 거짓말 대신 사적인 대화에는 참여하지 않는 편을 택했고, 얘기하는 것을 좋아하는 둘은 오히려 남의 얘기를 조용히 들어주는 내 성격을 좋아했다.

나는 팀장님의 입술에서 나온 엄마의 이름에 굳어버린 몸을 움직이려 애썼다. 움직여야 해. 아무렇지 않은 척해야 해. 몇 번이나 마음속으로 되뇐 후에야 겨우 평소의 얼굴을 하고 팀장님의 눈을 보았다. 옅은 미소라도 짓고 싶었지만 역부족이었다.

"뭐가…… 이지은 법 때문이에요?"

"입법 이후 자살률. 조금씩 줄어들고 있거든. 이번 주 리포트에서는 아주 확연하게 보이네."

팀장님이 책상 위에 올려져 있던 패드를 건넸다. 패드에 띄워진 리포트에는 "월별 생명 보호 현황 분석"이라는 제목이 적혀 있었다. 나는 손바닥에서 배어 나오는 땀을 몰래 닦아내며 화면을 조심스럽게 넘겨보았다. 수치 변화가 큰 것은 아니었지만 자살률을 나타내는 그래프는 완만한 곡선을 그리며 낮아지고 있었다. '이지은 법' 때문이라니. 엄마의 생명과 다른 여러 사람의 생명을 바꾸었다는 사실에 나도 모르게 쓴웃음이 났다.

"1.2%면 아직 표준편차 이내에 들어오는 수치네요. 데이터가 더 쌓이고 나서 월별 수치와 연별 수치를 함께 비교해 봐야 정확히 판단할 수 있을 것 같은데요."

하고 싶은 수많은 말이 남아 있었지만, 입 밖으로 꺼낼 수 있는 얘기들은 오직 객관적인 수치들뿐이었다. 수긍하며 리포트를 받아 든 남 팀장님과 달리 희태는 호들갑을 떨며 내 옆에 다가와 말했다.

"선임님, 이럴 땐 수치를 분석하는 게 아니라 맞장구를 쳐야죠. 남 팀장님! 맞습니다. 이게 다 남 팀장님 덕분인 것 같습니다."

남 팀장님은 희태의 입에 발린 칭찬에 손사래를 치며 너스레를 떨다가 이내 공을 나에게 돌렸다.

"아니야, 우리 팀에는 회영 선임처럼 상황을 객관적으로 보는 사람이 필요해."

두 사람은 눈빛을 주고받더니 이내 장난칠 대상을 결정했다는 듯 누가 먼저랄 것도 없이 나를 향해 다가오기 시작했다. 선한 의지가 강한 이회영 선임이야말로 차기 생명보호처장감이라며 칭찬을 아끼지 않는 둘 앞에서 어떤 표정을 지어도, 어색함은 얼룩처럼 끈질기게 남아 있었다. 나는 둘의 장난을 멈출 만한 말솜씨도, 빨리 상황을 마무리할 수 있는 노련함도 가지고 있지 않았다.

"생각하시는 것만큼 저 그렇게 착하지 않은데요."

말의 숨은 뜻을 알 리 없는 두 사람의 얼굴에선 미소가 가시지 않았다. 내 마음과 주변이 하나도 섞이지 못하는 이런 순간을 맞닥뜨릴 때마다 불현듯 모든 걸 그만두고 싶어진다.

그 순간, 왼쪽 손목이 미세하게 떨려왔다. D가 몰래 진동을 보낸 것이다. 팀장님과 희태가 영원히 끝나지 않을 것 같은 말장난을 주고받는 사이 나는 그들이 볼 수 없도록 D를 비스듬히 눕혀 화면을 확인했다. 화면에는 일정 알림이 띄워져 있었다.

[회사 도착 후, 처장님 면담 약속.]

처장님과 약속이 있는 것이 다행이라고 느낀 것은 처음이었다.

처장실은 본관 꼭대기인 20층에 자리 잡고 있었다. 연결 통로를 지나 본관에 도달하자 전면 유리창 너머로 햇살이 쏟아져 들어왔다. 해는 무심했다. 햇살이 화살처럼 날카롭게 눈을 파고들어, 나는 복도를 지나가는 내내 찡그린 얼굴을 하고 걸어야 했다. 이렇게 밝은 햇살은 본관 사람들도 도통 보지 못하는지 걸어가던 사람들 중 몇은 순간을 포착하기 위해 스마트폰을 꺼내 들었다. 쏟아지는 햇빛과 그 빛을 따라가는 사람들의 모습이 나와 멀게 느껴져서일까. 어딘지 모르게 마음이 불편해졌다. 나는 손을 이마에 대고 겨우 두 눈을 가릴 정도의 자그마한 그늘을 만들었다.

엘리베이터에서 내려 복도를 걷는 동안 우리 팀과 함께 있던 때와는 또 다른 불안감을 느끼기 시작했다. 나에 대해 지나치게 많은 것을 알고 있는 사람. 처장님에게 악몽을 숨긴 것은 천만다행이었다. 그 사실까지 알게 된다면 처장님은 나 자신보다도 나에 대해 잘 아는 사람이 될지도 모를 일이다.

벽처럼 단단한 처장실 문 앞에 서서 옷매무새를 가다듬고 두 번 노크를 했다. 멀리서 들려오는 처장님의 목소리에 무장한 마음을 숨기고 문고리를 돌렸다.

우리 팀의 사무실보다 다섯 배는 넓어 보이는 처장실이 한 눈에 들어왔다. 책과 서류만 빼곡히 쌓여 있는 처장실의 모습은 삭막하고 건조한 사막과 같았다. 종종 영화나 뉴스에 나오는 다른 처장실들과 달리, 상패나 표창장은 진열되어 있지 않았고, 그 흔한 사진 한 장 걸려 있지 않았다. 책상 위에 놓인 "생명보호처장 정수경"이라는 명패만이 이곳이 어디인지를 알려주는 유일한 증표였다.

처장님은 창가에 설치된 에스프레소 머신에서 직접 커피를 내리고 있었다. 좋아하는 커피를 직접 내려 마시는 것만이 처장님이 누리는 유일한 호사였다. 처장님 옆에 디카페인 원두 포장지가 보였다. 처장님은 디카페인 커피를 마시지 않는데…….

"저 카페인 있는 커피도 괜찮습니다."

처장님은 뒤돌아 밝게 웃었다. 그리고 요즘 디카페인 커피도 맛있다는 얘기와 함께 두 개의 커피 잔을 테이블 위에 내려놓았다. 그런 이유로 디카페인을 준비한 게 아니란 건 이미 알고 있었다. 부쩍 어두워진 내 얼굴을 보고 걱정되어, 대접하는 커피 한 잔에도 마음을 쓰시는 것뿐.

"선생님께서 네가 예약된 상담 일자에 몇 번 취소를 했다고 걱정하시더라."

이곳에 오면 정신과의 상담 얘기를 꺼내야만 한다는 걸 알고 있었다. 자꾸만 처장님의 전화를 피하고 있던 것도 그 답을 하기 어려워서였다. 엄마가 돌아가시고 3년째 정신과에서 상담을 받고 약을 받고 있지만 내 상태는 좀처럼 나아지지 않았다. 최근 몇 주는 예약 일자가 돌아오면 이리저리 핑계를 대며 취소하고는 치료를 외면한 채 살고 있었다. 나는 처장님을 향해 있는 힘을 다해 입꼬리를 올려 웃어 보이며 그동안 일이 많았다고 대답했다. 하지만 입꼬리조차 내가 원하는 만큼 움직여 주지 않았다. 지금 이 순간이 새삼스럽게 힘겨워졌다.

처장님은 한동안 아무 말 없이 커피를 음미하고는 나를 바라보며 입을 열었다.

"난…… 네가 혼자 버티듯이 살아갈까 봐 걱정돼."

그렇게 살고 있지 않다고, 전부 다 처장님의 착각이라고 말하고 싶었지만 쉬이 대답할 수 없었다. 나는 조용히 커피 잔을 들었다. 커피 잔을 입술에 갖다 댄 것만으로도 입술이 덴 듯이 아파왔다. 결국 한 모금도 넘기지 못하고 잔을 내려놓자, 처장님은 옆에 놓여 있던 작은 생수병 하나를 건네며 분위기를 환기했다.

"하드웨어 작동은 잘 되고 있니?"

"매주 하드웨어를 사용해서 업무 수행 중입니다. 격일마다 책임님께서 점검하고 있고요. 아직까지 별다른 오류는 없었습니다."

준비한 답은 끝났지만 처장실에는 적막뿐이었다. 기대했던 대답이 아니었던 걸까. 나도 모르게 말을 덧붙였다.

"남 팀장님 밑에서 배우는 마음으로 업무에 열심히 임하고 있습니다."

내 말이 끝나기도 전에 처장님은 두 손으로 내 손을 붙잡았다. 잡은 손은 조금 거칠고 많이 따뜻했다.

"잘하고 있다니 다행이야."

예상치 못한 처장님의 손길에 거부반응이 일어난 것처럼 내 몸은 모든 행동을 멈추었다. 처장님의 손길을 받는 것이 버거웠다. 그런 내 의중을 눈치챘는지 처장님이 부드러운 것이 스민 눈빛을 거두고, 입매를 조금 굳힌 채 이야기했다.

"완전 정상화 수준으로 도달할 때까지 무슨 에러든 즉시 보고하는 거 잊지 마라. 어딘가 잘못되면 하드웨어는 물론이고 TF팀에도 악영향이 생길 수 있어. 널 그 팀에 넣은 건 다른 이유가 있어서가 아니다. 널 믿어서야. 그러니까 실망시키지 않았으면 좋겠다. 무슨 뜻인지 알지?"

처장님의 눈꼬리에는 언제 생겼는지 모를 옅은 주름이 보였다. 어쩌면 저 주름을 만든 사람은 나와 엄마일지도 몰라. 나도 모르게 속으로 되뇌었다.

처장님이 행정 고시에 수석으로 합격하던 날, 처장님과 동갑내기의 대학교 2학년이었던 엄마는 제 배 속에 아이가 자라고 있다는 사실을 깨달았다. 어린 나이에 상상도 못 한 일이었기에 남몰래 엄마 속에서 자라던 내가 힘껏 발차기를 한 후에야 그 존재를 알아차렸다고 했다. 처장님은 합격의 기쁨을 채 만끽하기도 전에 휴학을 하고, 몇 달 동안 번 과외비로 엄마의 병원비를 내주었다. 그런 처장님이 날 애틋하게 바라보는 것도 이해 못 할 일은 아니다.

하지만 지금 처장님의 눈빛과 문장 속에선 진심 어린 애정을 확인할 수 없었다. 나의 태도 역시 기계적인 사회생활 그 이상도 이하도 아닌 것으로 변질된 것은 당연한 일이었다. 특별 채용을 거쳐서까지 내가 이 자리에 있을 수 있도록 밀어붙인 처장님의 의도는 무엇이었을까. 아마도 내가 엄마와 같은 길을 걷는 것이 자신의 위신에 가장 위협적인 일이기 때문일 것이다. 내가 세상에서 사라지는 게 슬퍼서인지, 아니면 '이지은 법'의 그 딸이자 자신이 특별 채용한 생명보호처의 직원인 내가 스스로 법을 어기는 게 두려워서인지는 처장님께 차마 물어보지 못했다.

그렇고 그런 식상한 질문과 답변이 몇 번 더 이어진 후 나는 겨우 처장실을 빠져나왔다. 이어지는 질문과 부탁에 내가 어떤 대답을 했는지조차 기억이 희미했다. 복도를 걸어가는 내내 처장님의 목소리가 귓가에 울렸다. 날 이 팀에 넣은 건 다른 이유가 있어서가 아니라 날 믿어서라니……. 아니라고 할수록 더욱 그쪽으로만 신경이 쓰였다. 평소에는 잘 숨기고 있던 내 속에 감춰놓은 분노가 마음을 헤집었다.

"나보고 도대체 어쩌라는 거지."

아무도 없는 복도에 내가 뱉은 혼잣말이 작게 울려 퍼지자 D가 내 눈치를 보며 나지막이 말을 붙였다.

〈제가 뭐랬어요. 병원에 가자고 몇 번을 말했는데……. 우울증은 의지로 극복할 게 아닌 거 알잖아요. 괜찮지 않으면 의사를 만나야 한다고요.〉

처장님은 내게 D를 선물해 준 후 한 번도 D의 정상 작동 여부를 묻지 않았다. 3년 전에 D를 건네주실 땐 개발 테스트 중인 제품 중 하나라고 언급했다. 그러나 그 외에 다른 얘기는 일절 꺼내지 않았다. 예컨대 D의 개발은 언제쯤 완료되는지, 자동으로 진행되는 업데이트는 어떤 원리로 구동되는 건지 같은 것들. 지나가는 말로도 한 번도 들은 적 없다. D의 개발 단계는 내게도 비밀에 부쳐진 것일까.

생각의 끝에 내 속도 모르고 편한 소리나 하는 D가 얄미워졌다. D의 중얼거림을 무시한 채 나는 화풀이 대상을 찾은 듯

오른손으로 D의 본체를 감싸 스피커를 막아버렸다. D의 목소리가 옅은 진동을 만들어내며 손가락을 비집고 새어 나오던 중 누군가가 내 앞을 가로막았다.

"이 선임님, 뭐 하세요?"

새하얀 얼굴에 은테 안경을 쓴 이선이 금방이라도 질문을 더 쏟아내려는 듯, 궁금하다는 얼굴로 나를 뚫어져라 바라보고 있었다. 나보다 머리 하나 높이 이상으로 훌쩍 키가 큰 이선을 바라보기 위해 나는 고개를 최대한 뒤로 젖혀보았다.

이선은 하드웨어의 안정화 및 업데이트를 맡고 있는 TF팀 담당 개발자였다. 오늘도 다른 날과 비슷하게 연회색 후드 티에 진한 청바지 차림이었다. 생명보호처의 표준 복장과는 어울리지 않는 복장을 한, 세상의 평가 따위엔 관심 없는 듯한 이선을 보면 저 사람이 진짜 천재가 맞나 싶었다. 하지만 그가 입사한 후 정부에서도 놀랄 만큼 하드웨어 개발 속도가 빨라졌다는 남 팀장님의 이야기를 들으며 능력을 인정할 수밖에는 없었다. 매일같이 입고 오는 저 후드 티에 천재적인 두뇌의 비결이 숨겨져 있는 것은 아닐까.

"안녕하세요, 책임님. 잠깐 업무 보고할 게 있어서요. 근데, 책임님은 여기서 뭐 하세요?"

"선임님, 지금 바쁘세요?"

의례적 인사는 생략하고 언제나 이렇게 사회성이 2%쯤 부족한 모습으로 본론부터 이야기하는 이선이다. 그런 모습이 싫진 않았다. 사회생활용 가식이라면 나도 지긋지긋한 참이었으니까.

"아니요. 그냥……."

변명을 떠올리지 못하는 사이 이선은 기다렸다는 듯 따라오라는 손짓을 했다.

"그럼 잠깐 저랑 어디 좀 가시죠."

이선이 한껏 목소리를 낮추며 이끄는 바람에 대꾸 한마디 하지 못하고 그를 따라나섰다. 그 뒤를 따라가는 동안 둘이서만 어딘가를 함께 걸어갈 정도로 친한 사이는 아니라는 생각이 불현듯 들었다. 하지만 오늘만큼은 그를 따라가 보고 싶었다. 처장실에서 나온 순간 삐져나온 반항심으로 인해 도저히 곱게 사무실에 들어갈 마음이 들지 않았다.

그런데 이선의 뒤에서 걷는 내내 도무지 눈길이 떨어지지 않는 게 있었다. 이선의 후드 안쪽에 있어야 할 천이 뒤집혀 바깥으로 나와 있었다. 그게 왜 이렇게 신경이 쓰이는 걸까. 깔끔하게 왁스를 바른 머리와 올곧은 자세로 걷고 있는 이선의 모습이, 별것도 아닌 뒤집힌 후드 때문에 영 어색해 보였다.

어느덧 이선이 걸음을 멈추었다. 도착한 곳은 지하 3층에 위치한 개발실이었다. 여기가 우리 팀이 사용하는 하드웨어가 업그레이드되는 장소구나. 나는 가만히 생각하며 그곳을 바라보았다. 하드웨어는 항상 이선이 사무실로 가지러 오거나 희태가 개발실로 가져갔기 때문에 나로서는 낯선 장소였다. 막연히 문에 '관계자 외 출입 금지'라는 식상한 팻말이 붙어 있을 줄 알았지만, 의외로 이선의 개발실은 일반 사무실과 비슷했다. 입구는 우리 사무실의 출입문 색보다도 화사한 옅은 민트색이었다.

이선이 먼저 문을 열고는 내가 들어오길 기다리며 문을 잡아주었다. 개발실 안은 새하얀 페인트로 벽이 칠해져 있고, 형광등은 일반 사무실의 두 배쯤 많이 설치되어 있었다. 보안 때문인지는 모르겠으나 한참을 청소 직원의 손길에서 벗어나 있었는지 개발실 이곳저곳에 물건들이 난잡하게 잔뜩 쌓여 있었다.

미처 청소 상태마저 신경 쓰지는 못했는지 민망해하는 표정을 지은 이선이 물건들을 집어 들어 커다란 책상 서랍 안에 넣었다. 그럴수록 쌓여 있던 먼지가 공중에 나풀거리며 날아다니고 있었다. 공기가 나쁜 것을 느꼈는지 손목에서 D가 짜증을 내는 듯한 작은 진동을 울렸다.

주변이 번잡한 가운데 어딘가로 눈길이 향했다. 큰 작업용 책상 한가운데에 하드웨어 한 대가 놓여 있었다. 하드웨어는 색이 옅은 선글라스와 비슷한 생김새로 우리 팀원들 각자의 얼굴형에 맞게 디자인되었으며, 각자의 스마트폰과 연동되도록 설계되었다. 저 책상 위에 놓인 하드웨어는 분명 나의 것이었다. 3개의 하드웨어는 차이가 미세했지만 나는 하드웨어의 작은 곡률 차이뿐 아니라 몇 개월 전 구조 과정에서 생긴 희미한 흠집을 눈으로 확인할 수 있었다.

내 눈길이 느껴졌는지 이선은 작업용 책상 앞에 의자 하나를 가져다주고는 나에게 앉으라 권했다. 딱딱해 보였던 스툴 의자는 생각보다 훨씬 푹신했다. 내가 자리 잡은 모습을 확인하고 나서야 이선은 작업용 책상 의자에 앉아 하드웨어를 분해하기 시작했다. 나는 측면에 삽입된 초소형 배터리를 꺼내 새로운 것으로 교체하느라 집중한 이선의 얼굴을 바라보았다. 그리고 이렇게 자세히 그의 얼굴을 보는 건 처음이라는 걸 깨달았다.

안경 모양의 하드웨어라 그런지 이선은 마치 조용한 동네의 안경 가게에서 일하는 안경사 같았다. 그런데 왜 수리하는 모습을 나에게 보여주는 것일까. 자신이 하드웨어 수리에 얼마나 공을 들이는지 알아달라는 의미인가. 집중한 그의 얼굴과 하드웨어를 번갈아 바라보는데 이선이 입을 열었다.

"이상해요. 업무를 수행하고 나면 왜 이 선임님 배터리만 유난히 많이 닳는지……."

나는 사레들린 사람처럼 기침을 했다. 하드웨어 기기에는 무슨 목적으로 사용했는지를 기록하는 블랙박스는 설치되지 않은 것으로 알고 있다. 하지만 이선이 마음먹는다면 업데이트를 못 할 일도 아닐 것이다.

질문인지 혼잣말인지 모를 이선의 이야기에 나는 아무 대답도 하지 않았다. 사무실에 적막이 이어지자 이선은 문득 나를 올려다보았다.

"설마 선임님……."

얼굴에 은은한 미소가 배어 있는 채로 이선이 말을 이어갔다.

"남들보다 몸무게가 더 나가는 건 아니죠?"

이선은 본인이 말을 끝내기도 전에 쿡쿡 웃음을 터뜨렸다. 농담을 던지고는 해냈다는 듯 칭찬을 기대하며 나를 바라보는 말간 얼굴에 오히려 안심이 되었다. 팀원들과 있을 때와는 다르게 이선의 나사 풀린 모습에 나도 긴장이 풀려 피식 웃음이 터져 나왔다. 이선은 분위기를 풀어보려는 듯 말을 이었다.

"어머니께서 잘 먹으라고 이것저것 챙겨주시죠? 요새 많이 핼쑥해지신 것 같아서요."

이선의 걱정스러운 눈빛을 마주하고 나는 다시 평소의 모습으로 돌아왔다. 잠깐이나마 붕 뜬 상태가 되었던 내가 우스울 만큼 타인의 걱정은 언제나 나를 뻿뻿하게 만들었다. 뭐라고 답해야 사회성이 있는 사람처럼 보일 수 있을까 머릿속에서 말을 고르고 있는데, 결정하기도 전에 대답이 튀어나왔다.

"아니요."

당황한 그가 얼른 대꾸했다.

"말도 안 돼. 선임님 손목이 제 손목 절반밖에 안 되는데요!"

"그게 아니라…… 돌아가셨어요. 계셨을 땐 밥 먹을 때마다 한 숟가락만 더 먹으라고 그러셨는데."

TF팀 사람들에게도 차마 하지 못하는 말을 왜 이선에겐 쉽게 내뱉었을까. 처장님의 명령에 따라 내 어머니가 '이지은 법'의 그 이지은이라고 말할 수 없다고 할지라도, 어머니가 돌아가신 후 혼자 살게 되었다는 얘기쯤은 할 수도 있는 것이었다.

한 달에 한 번 열리는 회의 때마다 다른 사람들의 눈치를 보지 않고 무심하게 자기 의견을 이야기하는 이선의 모습을 보고 있자면 어떤 고백도 심각하게 받아들이지 않을 것 같다고 상상하곤 했다. 무심하게 건네는 말에는 무심하게 '아 그렇군요.' 하고 받아줄 거라고. 그리고 그것은 전적으로 내 착각이었다.

농담을 이어가려던 이선의 목소리가 뚝 끊겼다. 하드웨어를 쥐고 있던 두 손까지 미세하게 떠는 이선의 반응은 내 예상과 달라도 너무 달랐다.

분위기를 무마시키려 뭐라고 말을 덧붙이려는데 촉촉해진 눈망울로 이선이 말하기 시작했다.

"죄송해요. 전 그런 것도 모르고……."

"책임님이 왜 죄송해요."

엄마가 세상에 없다는 사실만으로 사람들은 당황한 얼굴로 나에게 연신 미안하다며 사과를 한다. 엄마의 부재가 가장 생생한 순간이 바로 이런 때이다. 이선이 내뱉는 문장 하나, 표정 하나가 내 눈에 들어와 깊이 박혔다. 나는 언제나 서글픈 상태였으므로 그가 당황하는 모습에 상처받지는 않았다. 그저 여전히 안쪽이 밖으로 뒤집혀 나온 이선의 후드가 신경 쓰일 뿐이었다.

"저…… 뭐 하나 부탁해도 될까요?"

"그럼요, 도움이 될 만한 게 있으면 제가 뭐든지 할게요."

뭐든지 괜찮다는 말에 자연스레 일어나 이선에게 걸어갔다. 그러고는 뒤집힌 후드를 원래 방향으로 정리하려고 이선의 목덜미를 향해 손을 뻗었다. 이선은 내가 자신의 후드를 만지자 무심코 목뒤로 손을 향했다가, 자신의 손과 얽혀버린 내 손에 놀라 그대로 손을 놓아버렸다. 그러고는 당황했는지 연신 기침을 콜록거렸다.

그가 당황하자 나 역시 수상한 행동을 하다 걸린 사람이 된 것 같았다. 더 오해를 사기 전에 얼른 이유를 늘어놓아야 했다.

"아까부터 후드가 뒤집혀 있길래요. 그거 뒤집혀 있으면 되게 이상해 보이거든요."

놀란 이선의 얼굴을 보아 어색함은 금방 풀어질 것 같지 않았다. 나는 얼른 자리를 벗어나는 것으로 상황에서 벗어나려고 했다. 인사를 꾸벅하고 문고리를 돌리려다가 하고 싶은 말이 남아 뒤를 돌아보았다.

"책임님, 제 가족 얘긴 비밀로 해주세요. 저희 팀 분들은 아무도 모르는 얘기라서요."

이선이 말없이 자신의 오른손 새끼손가락을 들고 약속 표시를 했다. 같이 손가락을 내밀기엔 겸연쩍어, 미소를 지어 보였다. 곧 돌아가기 위해 계단을 오르는 나의 발소리가 벽에 울려, 마치 두 사람이 걷는 듯 일정한 간격으로 소리가 울려 퍼졌다.

주변에 아무도 없음을 확인했는지 D의 불만스러운 목소리가 들려오기 시작했다.

〈최이선 씨, 몇 번 안 봤지만 정말 마음에 안 들어요. 회영 님이 입은 셔츠, 그거 월급 모으고 모아서 비싸게 주고 산 한정판 셔츠인데. 뭐 묻기라도 하면 어떡하려고 청소도 안 해서 더러운 곳에 자기 마음대로 데려가요?〉

"쇼핑할 때 월급을 모아서 사기도 해?"

〈당연하죠. 회영 님, 좋은 옷만 입히려고 제가 얼마나 노력하는데요. 이거 봐. 등 뒤에 이상한 자국 생긴 거 봐요.〉

계단 옆 거울에 등을 비추어 보니 민트색 셔츠 한가운데에 어디서 묻었는지 모를 얼룩이 보였다. 회색 자국인 걸로 보아 D의 말대로 개발실에서 묻은 먼지인지도 모른다. 나를 향해서는 언제나 좋은 말만 쏟아내던 D가 누군가를 향해 울분을 쏟아내는 것을 듣고 있자니 웃음이 났다. 말 그대로 불평불만인 이야기는 D의 아름다운 목소리 덕분에 라디오 속 DJ가 읽어 내려가는 사연이 된 듯했다.

"네 목소리 말이야."

내가 운을 떼자 D가 그답지 않게 주춤거리는 게 느껴졌다.

〈왜요? 제 목소리 이상해요?〉

"누구 닮았다는 소리 안 들어? 아무래도 너무 익숙한데."

〈익숙할 리가 없을걸요? 세상에서 하나뿐인 목소리인데.〉

흐뭇한 듯 D의 목소리 톤이 조금 올라갔다.

"그럼 네 목소리, 나를 위해 디자인된 걸까? 내가 스트레스를 최대한 덜 받는 주파수나 음계로 맞춰서."

전과는 달리 한참을 기다려도 D의 대답이 들리지 않았다.

주변에 누가 있나 싶어 계단 위아래를 훑어보는 동안, 사람을 무장해제시키는 목소리로 D가 느릿느릿 이야기했다.

〈특이한 목소리를 가진 스마트워치가 회영 님에게 도착한 건, 그냥 운명 같은 거 아닐까요.〉

그런가……. 우연히 나에게 딱 맞는 목소리를 가진 스마트워치를 선물받은 건, 정말 운명인가…….

〈회영 님.〉

마치 내 기억 속에 서명이라도 하는 것처럼 D가 내 이름을 꾹꾹 눌러 불렀다.

〈좋은 건 좋다, 싫은 건 싫다. 제 앞에선 솔직하게 얘기해도 돼요. 지금도 제 목소리가 너무 좋아서 더 듣고 싶다는 그런 뜻이죠?〉

D가 고맙다는 얘기를 하지 않듯, 나도 속내를 들켰다고 굳이 고백하지 않았다. 하지만 대화를 더 이어갈 만큼의 뻔뻔함이 내게는 없어 목소리에 관한 이야기는 여기서 마쳐야만 했다. D를 조용히 만드는 방법은 언제나 간단했다.

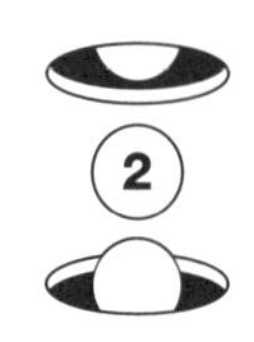

나는 빠른 걸음으로 TF팀 사무실에 도착해 문을 벌컥 열었다.

"회영 선임님, 아침부터 뭐가 그렇게 바쁘세요? 얼굴 보기가 힘드네."

출입문 바로 앞에 앉아 있는 희태의 말에 D의 목소리는 순식간에 초침 소리로 바뀌었다.

"잠깐 볼일이 있었어."

희태의 장점은 대답하기 어려운 질문에 대충 답해도 굳이 캐묻지 않는다는 것이다. 남 팀장님의 자리엔 화면 보호기가 띄워진 주인 없는 모니터만 보였다. 매주 열리는 주간 보고에 참석하고 있을 것이다. 남 팀장님 자리 너머 벽에는 커다란 모니터가 걸려 있다. 우리의 업무에 없어서는 안 되는 구조 알림판으로 알고리즘을 통해 구조 대상자가 선정되면 이 모니터에 사고 현장의 정보가 나타난다. 또한 즉시 각자의 스마트폰으로 대상자의 프로필 등이 전송된다. 그러니까 모니터가 켜진다는 건 구조할 사람이 발생했다는 의미이다. 다행히 오늘 모니터는 잠들어 있었다.

알람이 오지 않는 날의 사무실은 평화롭지만 그 속에서도 긴장을 늦출 수는 없다. 내 패드에는 99번째 구조 완료 보고서의 초안이 한참을 완성되지 못하고 있었다. 오늘따라 유난히 진도가 나가지 않아 대상자의 이름만 썼다가 지우기를 반복했다.

사무실에 돌아온 남 팀장님은 그동안 우리의 손으로 구조했던 대상자들의 프로필을 관리하고 관련 통계를 분석하느라 패드와 연결된 듀얼 모니터에 빨려 들어갈 기세로 화면을 바라보았다. 희태는 패드에 얼굴을 묻은 채 화면을 바라보고 있었다. 슬쩍슬쩍 눈물을 훔치는 모습을 보니 늘 그렇듯 위험에 빠진 어린아이들이 구출됐다는 르포형 기사를 찾아 읽는 중인 것 같았다.

"희태 씨는 꼭 어린아이나 청소년 얘기에 그렇게 눈물 흘리더라. 저번에 우리가 구했던 그 애 구할 때도 그렇게 울었잖아. 걔 이름이 뭐였지?"

기어이 훌쩍이고 만 희태에게 남 팀장님이 희한하다는 듯 한마디를 건넸다.

“박연수요. 열일곱 살.”

이미 들켜버려 안심되었는지 기어이 희태의 눈에서 눈물이 흘러 턱 아래로 떨어졌다.

“불쌍하잖아요. 어린 나이에 도와줄 사람이 없어서 목숨을 잃는다는 게.”

순수한 희태가 귀여워 한참을 바라보고 있는데, 그의 눈이 멍하게 하늘을 바라보고 있었다. 무슨 사연이라도 있는 건지 개인적인 질문을 해도 될까 고민하는 찰나에 희태가 의자 소리를 내며 일어났다.

“어! 벌써 시간이 이렇게 됐나. 식사하러 가시죠.”

12시 50분. 생명보호처의 정규 점심시간은 오후 12시부터 1시까지이지만, 우리가 늘 그보다 50분 늦은 시간에 출발하는 데에는 몇 가지 이유가 있다. 대외비 업무를 수행하는 우리 팀은 입사 후, 개발자를 제외한 다른 직원들과 교류할 수 없도록 규정되어 있다. 시간 여행이 가능한 기기가 있는지도 모르는 다른 팀 직원들은 자살 예방이라는 이름을 가진 팀이 무엇을 하는지 짐작하기가 쉽지 않을 것이다. 우리 모두 지원 요건이 비밀에 부쳐진 특별 전형으로 채용된 사람들이었기에 정규직과 비정규직 모두 불만이 있다는 것 정도는 십분 이해할 수 있었다.

그러나 우리가 TF팀 직원인 걸 어떻게 알았는지 식당에서 마주친 다른 직원들이 마치 동물원의 동물을 바라보듯 우리를 빤히 바라보는 것조차 이해할 수 있는 것은 아니었다. 그중 몇몇은 식당에서 밥을 먹는 도중에 갑자기 다가와 도대체 그 폐쇄적인 사무실에서 무슨 일을 하고 있냐며 공격적인 태도로 말을 걸기도 했다. 남 팀장님은 무례한 사람들에게 부드러운 미소를 지어 보이며 우리를 데리고 식당을 빠져나왔다. 의연해 보였던 남 팀장님 역시 아무렇지도 않은 것은 아니었다. 그 후 정규 점심시간을 바꾸는 것으로 맞닥뜨릴 수 있는 더 큰 갈등을 피하기로 한 것이었다.

셋이서 나란히 구내식당 근처에 들어서자 따뜻한 밥 냄새가 우리를 반겼다. 널찍한 구내식당은 파도가 쓸고 지나간 듯 휑한 분위기를 뽐냈다. 한적한 식당 안에서도 우리는 익숙하게 구석에 자리를 잡았다. 우리가 한 팀으로 모인 건 이런 폐쇄적인 성향 때문일지도 모른다는 생각이 들었다. 남 팀장님과 희태가 배식대로 향하는 사이 나는 배식대 옆에 비치된 냉장고에 카드 키를 찍고 유동식을 꺼냈다.

아무 맛도, 냄새도 나지 않는 하얀 액상 음식은 2년 전 처음 개발되었을 땐 한 번 마시기 위해 몇 개월을 기다려야 할 정도로 인기를 끌었다. 하지만 필요한 모든 영양소를 한 컵으로 해결할 수 있는 유동식이 있는데도 대부분의 사람들이 다시 번거롭게 매 끼니를 먹는 것으로 돌아가게 된 것은 인생에서 식사가 차지하는 즐거움 때문이었다. 봄철 미나리무침의 향기를 맡는 것부터 고소한 무침을 입으로 꼭꼭 씹어 넘긴 후에 사람들과 어울려 모든 계절의 따스함을 즐기는 일은 생각보다 우리 삶의 중요한 순간이었던 것이다.

"많이 먹어둬. 우리 일이 힘쓰는 일인 거 알지? 중노동이라고, 중노동."

남 팀장님은 좋아하는 오징어 볶음을 국자로 크게 두 번 퍼서 식판에 담았다. 160cm가 조금 넘는 키에 마른 체구인 여인이, 좋아하는 메뉴가 나올 때마다 국그릇에 국 대신 반찬을 가득 퍼오는 모습은 언제 봐도 인상적이었다. 팀장님은 밥 한 끼를 먹는 순간조차 열렬했고, 먹는 중에도 연신 맛있다고 감탄사를 내뱉으며 어린아이처럼 열광했다. 매 순간을 절절하게 경험하고 느끼며 살아내는 사람. 그런 사람이 막연하게 세상 어딘가가 아닌 바로 내 옆에 살아 있다는 사실은 아무리 눈으로 확인해도 익숙해지지 않았다.

엄마가 계셨을 때 밥 먹는 내 모습을 보면서 지었던 미소의 의미를 설핏 알 것도 같았다. 세상의 모든 맛있는 음식을 가져다주고, 세상의 즐거움을 되도록 오래 느끼게 해주고, 할 수만 있다면 내 수명을 덜어 최대한의 행복을 만끽하게 해주고 싶은 그런 마음이었을 텐데…….

잡념에 싸인 채 유동식을 마시는 동안 맞은편에 앉은 희태는 발우공양이라도 한 듯 그릇을 깨끗이 비운 채, 먹는 속도가 느린 우리를 기다리고 있었다. 희태의 눈길은 선물받은 커플 시계에서 떠나지 못하고 있었다. 여자 친구에게서 메시지가 왔는지 혼자 바보 같은 웃음을 지었다가 메시지를 음성으로 들려주는 기능을 눌렀는지 스마트워치가 달콤한 사랑의 언어를 쏟아냈다. 남 팀장님은 밥알 하나 남기지 않고 식판을 모두 비우고 나서야 사랑의 기쁨에 허우적대는 희태를 놀려보았지만, 사랑에 취해 있는 희태는 별 반응 없이 너털웃음만 지을 뿐이었다.

사무실로 돌아오자 남 팀장님은 열쇠로 잠긴 캐비닛의 가장 위 칸을 열고 알약 세 알을 꺼냈다. 노란색을 띤 광택이 나는 엄지손톱 길이의 약. 우리 팀에 특별 공급되는 처방 약이었다. 우리는 매일 한 알씩 그 약을 섭취하기로 되어 있다. 시간 이동 과정에서 소모되는 에너지는 상상 이상이었다. 처음 시간 이동을 할 때 우주에서 광속으로 여행하는 것처럼 어지러웠던 기억은 여전히 생생히 남아 있었다.

남 팀장님은 알약의 정체가 고강도 비타민이라고 일러주었지만 그 눈빛만 봐도 알 수 있었다. 실은 이 약이 어떤 성분인 지 남 팀장님도 알지 못한다는 걸. 원한다면 약의 성분을 조사할 방법은 얼마든지 있었다. 그러나 혹여 그 실체를 알게 된다면, 그게 우리의 몸에 위해를 가하는 성분이라면 이 일을 관두어야 할지, 또 처장님에겐 무어라 말해야 할지 대책이 떠오르지 않았기에 지금으로서 할 수 있는 건 눈과 귀를 막는 것뿐이었다. 남 팀장님이 건네는 노란색 알약을 오른손에 받아 들고는 말없이 꿀꺽 삼켜버렸다. 나는 언제나 삼키는 것으로 모든 의문을 불식시키곤 했다.

여러 악조건 속에서도 우리 팀은 나름의 생존 방식을 터득하며 하루하루를 헤쳐나가고 있었다. 때로는 가만히 서 있는데도 파도에 몸이 내맡겨진 듯 자꾸만 뒤로 떠밀려 가는 것 같았다. '모든 걸 포기해 버릴까, 그냥 다 손을 놓아버릴까.' 하는 생각이 미칠 즈음이면 언제나 남 팀장님과 희태가 '그럼에도 불구하고' 끊임없이 나아가는 모습을 보며 나도 마음을 다잡곤 했다. 한없이 긍정적인 두 사람의 모습을 보면서 그들처럼 평범한 삶을 살 수 있을 거라고 희망을 가져본 적도 있었다. 그러나 악몽은 매일 밤 찾아왔다.

아침부터 작성하던 보고서를 마무리하기 위해 패드를 켜는 중이었다. 순간, 벽에 걸려 있는 모니터가 자동으로 켜지며 사무실 안에서만 들을 수 있는 짧고 반복적인 경고음이 들려왔다. 심장의 박동이 빨라졌다.

모니터 화면에 지도 하나가 나타났다. 경기도 우신구 강두동. 연동된 스마트폰을 열어보니 사고 대상자의 인적 정보를 확인할 수 있었다. 김상훈, 남성, 46세, 상태: 사망.

우리는 누가 먼저랄 것도 없이 순식간에 신축성이 강한 재킷을 옷장에서 꺼내 걸쳐 입었다. 하드웨어를 넣어놓는 사무실 캐비닛을 열어보니 내 것이 보이지 않았다. 그제야 오전에 이선이 개발실에서 수리를 하고 있었던 것이 생각났다. 희태가 다가와 열린 캐비닛을 바라보고 움직임을 멈추었다.

"선임님 하드웨어가 없는데요?"

"개발실에 있을 거야. 주차장으로 바로 따라갈게."

문을 박차고 사무실을 나와 계단을 따라 내려갔다. 급한 발걸음에 마찰음이 울리며 귓속으로 파고들었다. 개발실로 내려가는 길은 악보 위에 틀린 음자리표를 그리듯 끝없이 원을 그려나가는 것만 같았다. 개발실 문 앞에 도착해 문고리를 돌렸지만 문은 잠겨 있었다. 이선에게 연락하려고 스마트폰을 꺼내 드는데 소란스러움이 느껴졌는지 이선이 먼저 개발실 문을 열고 빼꼼 모습을 보였다.

"점심 식사는 하셨어요? 무슨 일 있으세요?"

영문을 모르는 이선은 갑작스럽게 찾아온 나를 혼란스러운 듯 살피고 있었지만 나는 그의 상황까지 살필 여유가 없었다.

"제 하드웨어 다 고쳐졌나요?"

"급하게 할 일이 있어서 아직……."

"어디 있어요?"

내가 다급히 개발실 안으로 들어가자, 이선이 자신도 모르게 노트북으로 시선을 돌렸다. 감추고 싶은 기색이 역력한 얼굴이었다. 노트북 화면에는 작성 중인 문서 하나가 보였다. 작은 글씨인 데다가 영어로 기재된 내용이라 무슨 내용인지 알아보기 힘들었다. 나와 관련 없는 문서 때문에 더 이상 지체하는 건 바보 같은 짓이었다.

나는 하드웨어를 찾으려고 주변을 급히 훑었다. 하드웨어는 개발용 책상 위에서 배터리 교체를 기다리는 듯 글라스의 테와 알이 분리된 채 놓여 있었다. 나는 책상으로 다가가 하드웨어를 집어 들었다.

"아직 충전도 다 안 되어 있어요. 사용하다가 방전될 수도 있는데……."

이선이 걱정된다는 듯한 목소리로 말했다.

"사고가 발생해서 지금 가봐야 해요."

나는 분리되어 있는 하드웨어를 집어 들고, 혼자 조립을 해보려고 알을 테에 댄 채 두 손으로 살짝 눌러보았다. 마음이 조급해서인지 몇 번을 눌러봐도 좀처럼 들어갈 기색이 보이지 않았다. 낑낑거리는 내 모습을 가만히 보던 이선이 말없이 내 손에서 부드럽게 하드웨어를 가져갔다.

이선은 테이블에 올려져 있던 작고 섬세한 드라이버를 집어 들고는 하드웨어 측면에 숨겨져 있던 미세한 너트를 열어 알을 고정시켰다. 그러고는 다시 하드웨어를 건네며 내게 말했다.

"선임님 배터리는 유난히 빨리 닳는 거 알죠? 시간을 최소화해서 움직여야 해요."

걱정스러운 이선의 얼굴에 하마터면 세상에 나의 안전을 걱정해 주는 사람이 존재한다고 믿을 뻔했다. 이선은 무언가를 찾기 위해 책상 서랍 이곳저곳을 뒤지다가 다시 내 앞에 섰다.

"혹시 모르니까 이거 가져가세요."

그는 내 손에 하얀 물체를 쥐여주었다.

"차량에 연결해 하드웨어를 충전할 수 있는 휴대용 충전기예요. 배터리 소모가 심한 일이라 이걸 연결한다고 충전이 다 되진 않을 텐데, 조금이라도 도움이 되면 좋잖아요."

"고마워요."

남 팀장님과 희태의 관심과 걱정에도 동요하지 않는데, 이선의 염려스러운 눈빛에 나는 왜 이렇게 흔들리는 것일까. 가야 할 곳이 있다는 사실도 잊은 채 내 눈빛의 방황을 숨기기 위해 나는 얼른 뒤돌아 문으로 향했다.

"선임님."

모서리가 없는 듯 둥근 이선의 목소리에 나는 뒤를 돌아보았다.

"조심하세요. 누군가를 살리는 것도 중요하지만 그보다 자기 자신을 지키는 게 제일 중요한 일인 거 알죠?"

나로서는 도저히 수긍할 수 없는 이야기였다. 나 자신이 그렇게나 중요한 사람인가? 세상에 손톱만큼의 도움이라도 되는 사람이긴 한가? 나의 냉소가 짙어졌으나 예의상 고개를 끄덕이고 개발실을 빠져나왔다. 주머니에 넣은 하드웨어와 배터리가 달리는 나와 박자를 맞추지 못하고 흔들렸다.

주차장에는 남 팀장님과 희태가 차에서 대기 중이었다. 내가 조수석에 올라타 문을 닫자마자 차가 출발했다. 나는 아무 말 없이 이선이 준 충전기를 하드웨어에 꽂아 대시보드와 연결했다. 희태가 두 좌석 사이에 머리를 내밀고는 신기한 듯 배터리와 내 얼굴을 번갈아 보았다.

"뭐예요?"

"하드웨어 충전기. 충전이 덜 돼서 책임님이 챙겨주셨어."

"아, 책임님은 그런 좋은 게 있으면 나도 좀 주시지. 너무 선임님만 편애하는 거 아니에요?"

원래도 농담에 잘 받아치는 편은 아니었지만, 웃으며 나를 바라보는 희태의 말에 나는 오류가 난 기계처럼 움직임을 멈췄다. 분위기를 풀어보려 했던 희태가 나의 머뭇거림을 느꼈는지 이내 조용해졌다. 차는 적막 속에서 사고 현장으로 향했다. 횟수를 따지려면 양손의 손가락을 수십 번 쥐었다 펴야 할 정도로 수많은 출동을 겪어왔지만, 사람을 구하는 일은 언제나 온몸이 타오르는 것 같은 긴장과 걱정을 피할 수 없었다. 백 번이 아니라 천 번, 만 번을 한다 해도 익숙해질 수 없는 일이었다.

나는 운전석에 앉은 남 팀장님의 얼굴을 살폈다. 눈앞에 놓인 일을 덤덤하게 받아들이는 사람의 얼굴. 하지만 그 덤덤함 속에는 우리가 겪어온 힘겨운 경험들이 모두 축적되어 있다. 이번에도 결코 수월하지 않을 거라는 짐작이 숨겨진 남 팀장님의 표정. 우리가 타인의 생명을 보호하느라 정작 우리 스스로를 보호하는 일에는 너무나 무관심해져 있다는 사실을 깨달으니 감전된 것처럼 손이 저릿해져 왔다.

어느덧 차는 경기도 외곽에 있는 낡고 오래된 아파트 입구에 멈춰 섰다. 신식 건물의 무진동 엘리베이터와는 다르게 엘리베이터는 탑승객들에게 위험을 경고라도 하듯 덜컹거렸다. 8층에 내리니 노란색 '출입 금지' 띠에 둘러싸인 803호의 열려 있는 문이 보였다. 집 안은 가라앉은 분위기인데도, 경찰과 감식 요원들의 대화 소리와 셔터 소리로 소란스러웠다. 집에 에어컨은 없는 듯했다. 유일하게 있는 선풍기 한 대만이 생명이 모두 꺼진 집에서 뜨겁고 습한 기운을 뿜어냈다. 감식 요원들은 더위에도 불구하고 온몸을 꽁꽁 싼 채 곳곳에서 자료를 채취하거나 사진을 찍고 있었다. 나는 거실 한가운데 로프가 매달려 있는 사고 지점에서 사진을 찍고 있는 요원에게 다가갔다.

"사망 추정 시각 나왔나요?"

"체온이 정상 온도에서 1도 미만으로 떨어진 걸 봤을 때 1시간이 채 안 된 것 같습니다."

현장에서 몇 번 만난 적이 있는 단발머리의 감식 요원은 자세한 내용을 묻기도 전에 진행 상황을 전달하며, 사망자는 구급차에 실려 이송 중이라는 사실을 알려주었다. 나는 파악된 내용을 공유하기 위해 남 팀장님과 희태를 찾았다.

둘은 안방에서 사고 경위와 전후 상황을 파악하고 있었다. 내가 다가가는 것을 눈치채지 못한 남 팀장님은 하얀 장갑을 낀 손으로 먼지가 쌓인 작은 액자를 집어 들었다. 액자 속에는 30년 전 2월 중순의 날짜가 찍힌 세 사람의 사진이 있었다. 아마도 대상자가 중학교 졸업식에서 부모님과 찍은 사진인 것 같았다.

남 팀장님이 희태의 옆으로 붙으며 질문을 건넸다.

"가족 관계는?"

희태는 패드로 전달받은 자료를 살펴보며 보고했다.

"10년 전 부모님이 사고로 돌아가신 후 혼자 거주한 것으로 나와 있습니다. 집 안에 놓여 있는 옷가지나 짐을 봐도 혼자 사시는 게 맞는 것 같아요. 단출한 걸 보면……."

따라가기 힘든 속도로 발전하는 세상과는 다르게 이곳은 30년 전에서 하루도 더 나아가지 못한 것 같았다. 팀장님이 옷장을 열어보았다. 옷장 한 개를 다 채우지도 못한 남자의 옷가지들이 초라하게 걸려 있었다. 남 팀장님은 옷장을 조심스레 닫으며 말했다.

"가족이 없으신 분들이 나쁜 마음을 먹기가 쉽지."

희태가 나이답지 않게 혀를 끌끌 차며 대꾸했다.

"아무래도 그렇죠. 죽고 싶은 마음이 생겨도 살아 계신 부모님 생각해서 조금만 더 살자, 그렇게 계속 살아가잖아요."

희태의 따뜻한 가족애에 대한 일장 연설을 듣고 싶지 않았다. 게다가 내 하드웨어는 완전하게 충전된 상태가 아니었다. 빨리 사용하지 않으면 구조 과정에서 무슨 일이 생길지 모른다. 나는 말을 보태려는 희태의 팔을 붙잡고 말했다.

"구조 대상자의 사정까지 분석할 필요는 없을 것 같으니, 바로 시작하죠."

희태의 놀란 표정에 남 팀장님은 말 좀 들으라는 듯 희태의 반대쪽 팔을 툭툭 밀었다. 희태가 침실 밖의 상황을 확인한 후 자연스럽게 침실 문을 잠갔다. 나는 점퍼 속에서 하드웨어를 꺼내 썼다. 초반엔 하드웨어를 귀에 걸칠 때마다 내 것이 아닌 것 같은 이물감과 어색함을 느꼈었다. 남 팀장님과 희태 역시 시력이 좋아 안경을 껴본 적이 없어 어색해하곤 했었다. 하지만 이제는 눈에 하드웨어를 걸친 모습이 맨눈일 때보다 자연스러운 것도 같았다. 희태가 갑자기 주변을 두리번거리기 시작했다.

"왜 이렇게 불안하지. 저기 밖에 감식 요원들은 다 돌아간 거 맞죠?"

희태가 하드웨어를 벗으려는지 손으로 관자놀이를 짚으려고 하자 팀장님이 희태 대신 하드웨어를 고쳐 씌워주며 말했다.

"설령 우리가 하드웨어를 사용하는 걸 보게 된다고 해도, 현실 세계에선 바로 직후의 순간으로 돌아오잖아. 오차가 발생한다 해도 1초 내외고. 사라졌다 나타나는 게 자기가 본 게 맞는지 헷갈릴 정도로 눈 깜짝할 사이라고."

"하, 정말 몇 번을 해도 적응이 안 돼요, 이거."

희태는 잠겨져 있는 점퍼를 더 바짝 여몄다. 항상 타임 리프 직전 불안감을 떨쳐내지 못하는 희태가 안쓰러웠다. 그가 진정된 모습을 확인하고 나서야 하드웨어와 연동된 스마트폰의 조작을 시작할 수 있었다.

"설정 시각. 2030년 7월 30일 13시 30분."

각자의 얼굴에 씌워진 하드웨어에서 육안으로 알아보기 힘들 정도로 자그맣게 붙어있는 계기판이 햇빛에 반사되는 것처럼 반짝이기 시작했다. 우리는 누가 먼저랄 것도 없이 눈을 감았다. 매뉴얼에 따르면 시간 이동 시 눈을 감지 않으면 시력이 저하되거나 시력이 상실될 수 있으므로 주의해야 했다. 서서히 어지러움이 느껴지기 시작했다. 혹시 눈을 감아야 하는 이유 중 하나는 어지러움을 버티기 위해서인 건 아닐까.

○●○

잠시 세상이 음 소거가 된 듯 주위가 조용해졌다가, 멀리서 종류를 알 수 없는 새소리가 들려왔다. 눈을 뜨니 엘리베이터를 타기 전, 차를 놓고 온 아파트 주차장이었다. 주위에는 주차된 차 몇 대뿐 사람은 보이지 않았다. 시간은 오후 1시 30분. 설정된 시간대로 도착했음을 확인한 우리는 다시 803호로 내달리기 시작했다. 남 팀장님이 803호 출입문 앞에 서서는 불안한 예감에 벨을 누르는 대신 손으로 문을 쾅쾅 두드리기 시작했다.

"김상훈 씨! 김상훈 씨!"

안에서 인기척이 들렸다. 안방에서 거실로 그리고 현관으로 걸어오는 발소리였다. 걸쇠를 풀고 문을 빼꼼히 연 남자의 얼굴이 보였다. 사고 대상자 프로필 사진에서 확인한 김상훈이었다. 사진에서보다 훨씬 늙고 수척해 보이는 얼굴이었다.

"누구세요?"

경계를 풀기 위해 남 팀장님이 살갑게 웃으며 인사를 했다.

"안녕하세요, 저희는 강두동 주민센터 직원입니다. 다른 게 아니라 이 집으로 민원이 하나 들어와서요."

"무슨 민원이요?"

"그러니까 그게…… 무슨 냄새가 난다고 했던가, 소리가 들린다고 했던가……."

희태가 머리를 긁으며 답하자, 남자는 어이없다는 듯 바라보고는 대꾸 없이 문을 닫으려고 했다. 순간 열린 문의 틈으로 거실 천장에 매달린 끈이 보였다. 나의 시선을 눈치챈 남자가 황급히 문을 닫으려는데, 나도 모르게 오른발을 문틈으로 집어넣어 막았다. 단단한 소재의 운동화를 신고 왔음에도 쾅 하는 소리와 함께 발에 전해지는 충격은 컸다. 나는 신음을 참고 생명보호처 신분증을 펼쳐 보였다.

"자살 예방 TF팀입니다. 생명 보호법 제8조에 의거 임의동행해 주셔야겠습니다."

손쓸 새 없이 문을 확 열어젖히자, 남자는 거실 베란다의 창문을 향해 달리기 시작했다. 그가 베란다를 한 손으로 잡으려는 순간, 팀장님과 희태가 남자의 양팔을 붙잡은 채 베란다에서 떨어트렸다. 그는 자신이 계획했던 일이 수포가 된 것을 깨달은 듯 몸부림치며 소리를 질렀다.

"이거 놔! 너희들이 뭔데 죽는 것도 못 하게 해! 내가 힘들어서 죽겠다는데! 너희들이 도대체 뭔데!"

남자의 절규에 이은 흐느낌이 조용한 거실에 울려 퍼졌다. 고통스러워하며 고개를 숙인 남자의 등이 꿈속 엄마의 모습과 겹쳐 보였다. 자신의 삶의 흔적이 고스란히 남은 곳에서 삶의 마침표를 찍으려는 것은 다른 사람이 아닌 자신에게 가장 비극일 것이다. 팀장님과 희태도 같은 생각을 했는지 남자를 붙들고 있는 손이 조금 헐거워졌다. 남자는 더 저항하지 않고 그 자리에 그대로 주저앉았다.

시간이 가만히 멈춰 선 채 나에게 묻는 것 같았다.

'당신은 누군가를 살릴 자격이 있는 사람인가?'

머릿속에 가득 찬 그 물음을 떨쳐내고 싶어서 나는 얼른 수갑을 꺼냈다. 남자의 두 손을 등 뒤로 향하게 한 후, 수갑을 채우자 찰랑거리는 차가운 소리가 났다. 이렇게라도 내 할 일을 해야만 했다. 누군가를 살릴 자격도 없는 사람이라면, 나는 더 살아야 할 이유가 하나도 남아 있지 않았으니까.

○●○

구조 활동은 종료되었다. 김상훈 씨는 재판을 받고 자신의 행위에 합당한 처분을 기다릴 것이다. 마음대로 삶을 끝낼 수조차 없는 이 시대의 법에 따라서 말이다. 팀장님이 주차장 입구에 세워진 경찰차 앞에서 대상자를 인도하고 담당 경찰관과 얘기를 나누고 있었다.

"이회영 선임님."

희태가 뒤에서 다가오며 내 이름을 불렀다. 한 손에 가느다란 담배를 들고는 있지만 불을 붙이지는 않은 채였다. 평소라면 살가운 목소리로 회영 선임님 혹은 이 선임님이라 불렀을 텐데, 성과 이름을 한 글자씩 끊어가며 부르는 걸 보니 할 말이 있는 모양이었다.

"너무 냉정하신 거 아니에요? 그분…… 자기 자신이 미워서 그런 행동까지 하게 되는 거잖아요. 제일 힘든 사람은 우리가 아니라 그분이라고요."

내가 희태를 기특하다고 생각하는 점은 그의 오만한 부분과 겹쳐 있었다. 희태는 항상 모든 사람이 자신처럼 세상을 착하고 아름답게 바라본다고 착각한다. 그는 세상 모든 사람이 다른 사람을 조건 없이 사랑할 수 있는 처지에 놓여 있지 않다는 사실을 전혀 모르는 것 같았다.

"마지막이라는 심정으로 집 깨끗하게 정리해 놓은 거 선임님도 보셨죠? 그렇게 혼자 정리할 때 그분 마음이 어땠겠어요."

엄마가 돌아가시던 날, 우리 집 역시 그 어떤 날보다 깨끗하게 정돈되어 있었다. 리모컨, 갑 티슈, 액자. 집 안의 물건 하나하나 자기가 있어야만 하는 곳으로 돌아가 있는 것 같은 모습. 엄마가 있어야 할 곳도 마치 내 옆이 아니었다는 듯, 엄마는 그렇게 떠났다.

오른쪽 발이 다시 욱신거리기 시작했다. 생각하는 대로 믿으며 살아온 이의 단순한 얼굴. 나는 희태의 그런 면을 좋아하지만 지금처럼 철없는 면을 한껏 드러내며 사람에 대한 잣대를 함부로 들이댈 때마다 난감해진다. 희태에게 알려주고 싶었다. 세상의 모든 사람이 남을 위하고 사랑하는 마음을 남기고 세상을 떠나지는 않는다는 걸.

"어떤 마음이긴, 이기심이겠지. 자기 힘들다고 앞뒤 생각 안 하고 먼저 떠나려는 거잖아. 남겨진 사람 마음은 어떨지도 모르고."

건조하게 대답을 내뱉자 희태가 미간을 살짝 찌푸렸다.

"어쩜 그렇게 냉정하게 얘기해요? 함부로 그렇게 말하면 안 되는 거 아니에요?"

희태가 쏘아붙이며 말하는 이유를 알면서도 나는 기어이 상처받으려는 사람처럼 밀어붙였다.

"난 내 생각을 말한 것뿐이야. 나에 대해 잘 알지도 못하면서 마음대로 판단하지 마."

"선임님이야말로 저에 대해 잘 모르시잖아요. 제가 남 팀장님이랑 무슨 얘기를 하든 관심도 없으시잖아요."

목소리를 낮춰 이야기했는데도 심상치 않은 분위기가 전해졌는지 남 팀장님이 우리를 응시하고 있었다. 더 이상 희태와 쓸모없는 대화로 시간을 낭비할 수는 없었다. 점퍼 주머니에 손을 넣자 하드웨어의 감촉이 느껴졌다. 그것은 자신이 숨겨 놓은 세계로 나를 부르는 것처럼 매끄럽게 내 손을 잡아당겼다. 다시 타임 리프를 할 수 있을 만큼 배터리가 남아 있을까. 걱정되었지만 이대로 포기할 수는 없었다.

나는 희태의 손에 있던 담배를 뺏어 들고, 방금 나온 아파트 건물을 향해 걸으며 나지막이 소리쳤다.

"나 기다리지 말고 남 팀장님이랑 먼저 들어가."

"선임님! 어디 가세요!"

"뭘 놓고 와서. 내 걱정 말고 먼저 복귀해."

맨날 뭘 그리 놓고 오냐며 중얼대는 희태의 목소리가 등 뒤에서 들려왔다. 남들의 눈에 띄지 않으려 비상계단을 오르기 시작했다. 한 사람 몫의 발걸음 소리가 탁탁 건물에 작게 울렸다. 혼자가 됐다는 사실을 눈치챘는지 D가 손목에서 반짝이며 말했다.

〈지갑, 스마트폰, 하드웨어. 들고 온 건 다 주머니에 있잖아요. 설마 또 가려는 건 아니죠?〉

D의 목소리에 오히려 안심이 되었다. 나 혼자만의 일탈이 아닌 D와 함께 공모하는 듯한 착각마저 들었다. 하지만 D의 목소리는 단호했다.

〈업무용으로 받은 하드웨어를 자꾸 사적으로 사용하면 처장님께 바로 영상통화 걸어버릴 거예요?〉

“이 방법을 알려준 사람은 너잖아. 잊었어?”

D의 목소리가 잦아들었다. 하드웨어 속 백도어를 처음 찾아낸 것도, 사용 방법을 가르쳐준 것도 D였으니 유책을 따지자면 그도 나와 비슷한 처지였다.

○●○

2년 전, 여느 날과 마찬가지로 사고 대상자를 구한 후 집으로 가는 꽉 막힌 도로 위에 있을 때였다. 보통이라면 한참을 떠들었어야 할 D가 차 안에서 웬일로 조용하게 있다가 나지막이 말을 건넸다.

〈하드웨어로 얼마나 전까지 갈 수 있다고 했죠?〉

"3시간 전."

〈거짓말.〉

"내가 왜 기계한테 거짓말을 해. 그건 왜 묻는데?"

까칠하게 반응하자 D는 대답하지 않았다. 화를 낸다고 해서 쉽게 내가 알아내려는 것의 답을 얻을 수 있을 것 같지 않아 나는 작전을 바꾸었다.

"넌 내가 하루에 몇 시간을 자고, 무슨 음식을 좋아하는지, 남에게 말 못 하는 비밀이 뭔지도 알잖아. 그런데 나는 그런 질문 하나에 대한 대답도 못 듣는 거야? 하드웨어랑 관련된 거면, 내 안전과도 관련 있는 거잖아."

한참 답이 없던 D가 결심한 듯 입을 열었다.

〈스마트폰을 통해서 하드웨어 타임 리프 가능 기간을 확인했는데, 전에는 분명히 3시간이었던 게 오늘은 10년 전까지로 설정되어 있는 것 같아서요.〉

"숫자만 그렇게 나타나는 거겠지."

〈제가 그냥 표시되는 거랑 실제로 가능한 것도 구분 못 할 것 같아요?〉

확신이 섞인 대답에 놀란 나는 그대로 비상 브레이크를 밟았다. 차 문을 열려고 했지만 D가 민첩하게 문을 잠그고 자율주행 차를 갓길로 이동시켰다.

〈이렇게 놀라실 줄 알았으면 집에 도착해서 물어볼 걸 그랬어요.〉

나는 차에서 내린 채 크게 숨을 들이마셨다. 하드웨어가 10년 전까지 갈 수 있다면, 작년에 돌아가신 엄마를 당연히 살릴 수 있을 것이다. 다시 엄마와 함께 살아갈 수 있다는 생각이 들자마자 나도 모르게 눈물이 흘렀다. 급하게 차를 돌려 생명보호처 건물로 향했다. 도착하니 저녁 9시가 넘은 시각이라 건물의 조명이 모두 꺼져 있었다. 남들에게 들킬까 봐 스마트폰의 불빛에 의지해 조심스럽게 캐비닛을 열었다. 은색 거치대에 올려져 있는 3대의 하드웨어는 조용히 잠들어 있었다. 가운데 놓인 내 하드웨어를 집어 들고는 눈 위에 착용했다. D의 걱정스러운 목소리가 나를 말리고 있었다.

〈하지 마세요. 생각보다 위험할 수도 있다고요.〉

나는 아랑곳없이 스마트폰과 하드웨어를 연결했다. 하지만 백도어에 접근할 방법은 D만이 알고 있었다. 나는 D에게 애원하기 시작했다.

"접근하는 법 좀 알려줘. 엄마만 구하고 바로 돌아올게. 응?"

D는 안타까운 목소리로 대답했다.

〈평소엔 최대 3시간 전으로 돌아갔었는데 하드웨어를 1년 전으로 돌렸다간 무슨 일이 일어날지 몰라요. 사용 자체도 정부에서 국제기구랑 협약된 범위에 한정되어 있는데…….〉

"무슨 일이 생기면, 내가 다 막을게. 엄마를 구할 방법이 있는데도 가만히 있을 수만은 없잖아!"

내 목소리가 격해지자 D는 더는 자신이 통제할 수 없음을 깨닫고 나를 달래기 시작했다. 되돌아보면, 그 순간 D의 목소리는 무슨 일이 일어날지 예상했다는 듯 차분했다.

〈알겠어요. 그 대신, 어떤 일이 있어도 슬퍼하지 않기로 나랑 약속해요. 꼭이요.〉

나는 D를 스마트폰과 연결했다. 스마트폰의 화면이 멈추더니 그래픽 UI 대신 검은색 화면이 떠오른 후 무언가가 입력되기 시작했다. 하드웨어가 평소보다 조금 더 뜨거워지는 것 같았다.

〈평소에 하던 것처럼 시간과 장소를 입력해 보세요.〉

D의 말대로 돌아갈 시간과 장소를 적었다. 2027년 8월 23일 오후 7시. 서울시 성북구의 우리 집 주소를 치는 동안 스마트폰 위로 무언가 후두둑 떨어졌다. 나도 모르는 새 눈물이 흐르고 있었다. 나는 이를 앙다물고 확인 버튼을 누른 후 어지러움이 심해지기 전에 눈을 감았다.

○●○

지겨울 정도로 충분히 기다렸다는 생각이 들자 나는 조심스레 눈을 떴다. 내가 엄마와 함께였을 때부터 살고 있는 아파트 입구였다. 하지만 우리 집 건물이 아닌 옆 동 앞이었다. 기존보다 회귀한 시간이 길어지면서 장소 오차가 발생한 것 같았다. 건물을 둘러보았지만, 아파트 외벽도 화단의 조경도 그대로여서 1년 전으로 돌아온 것인지 도무지 확신할 수가 없었다. 지금이 언제인지 고민하는 것보다 엄마를 구하기 위해 일단 움직이는 것이 우선이었다. 나는 우리 집으로 달리기 시작했다. 로비로 뛰어 들어가니 두 대의 엘리베이터가 모두 아파트 꼭대기 층에서 대기 중이었다. 비상구 문을 열고 계단을 오르기 시작했다. 계단을 오를수록 심장박동이 견딜 수 없을 만큼 빨라졌지만, 엄마를 구할 수 있다는 생각에 매몰되어 달리는 속도를 더욱 높였다.

〈위험하니까 뛰지 말아요. 회영 님 체력 상태가 너무 안 좋아요.〉

D의 만류에도 나는 단 한 번도 쉬지 않고 15층을 올랐다. 1507호. 비밀번호를 눌렀지만 문은 열리지 않았다. 숨이 차서 잘못 눌렀을까 봐 몇 번을 다시 눌렀지만 여전히 문은 잠잠했다. 비밀번호가 바뀐 것도 아닌데. 혹시 시간 이동을 하는 동안 무언가가 어그러진 것은 아닐까 의구심이 들기 시작했다.

나는 문을 부숴버릴 듯이 두드렸다. 쿵쿵 시끄러운 소리에 옆집에서 인기척이 들렸다.

"회영아, 어머니 집에 안 계시니? 이상하다. 조금 전까지 나랑 차 마시고 들어가셨는데."

옆집에 살고 계시는 아주머니였다. 도둑이라도 들었다고 생각하셨는지 손에는 커다란 몽둥이 하나를 든 채였다. 나는 아주머니께 119를 불러달라고 소리치고는 문고리를 이리저리 돌려보았다. 몇 번이나 움직였을까. 그 순간, 철컥하는 소리와 함께 문이 열렸다.

그리고 그 순간은 내 인생을 통틀어 가장 선명한 기억이 되었다. 나는 엄마가 돌아가셨을 때 마지막으로 보았던 장면을 기억하지 못한다. 장례식장의 모습과 분위기 역시 마찬가지다. 처장님은 심한 충격으로 치료 과정에서 기억이 지워졌을 거라고 다독였지만, 나는 안다. 엄마가 돌아가셨다는 걸 인정하고 싶지 않은 내 마음이 기억마저 억누르고 있다는 걸.

하드웨어를 타고 다시 돌아간 곳에서, 열린 문으로 들어간 그곳은……. 내가 매일 꾸는 악몽 속이었다. 어둠 속에 외롭게 앉아 있는 엄마. 외로운 등을 닮은 엄마의 정수리. 그리고 한 걸음도 앞으로 나아갈 수 없는 나. 나는 그대로 자리에 주저앉았다. 아무리 소리를 지르려고 해도 한 마디도 내뱉어지지 않았다. 이건 꿈이야. 또 악몽을 꾸고 있는 거야.

〈꿈이 아니에요.〉

내 마음을 읽은 듯 D가 말하기 시작했다.

〈죄송해요. 하드웨어 사용 승인 이전에 발생한 자살은 막을 수가 없어요. 그렇게 법제화했기 때문에 시스템에서 돌아가지 못하게 아예 그 장소를 막아놓았어요. 그래서 이런……. 꿈 같은 상태로 보이는 거고요.〉

D에게 대꾸할 힘이 남아 있지 않았다. 내 안의 모든 에너지가 소진되었다.

순간, 알 수 없는 기시감이 나를 휘감았다. 어쩌면 내가 엄마를 구하려고 시도한 게 처음이 아니었을지도 모른다. 매일 밤 꿈과 너무나 닮은 이 공간. D가 내 상처를 덜어주기 위해 하드웨어를 이용해 몇 번이나 시간을 돌렸던 것일까. 만약 그랬다면 나는 번번이 엄마를 구하는 선택을 했을 것이다. 그리고 경험이 더해질수록 내 악몽은 더 선명해졌겠지.

그날 이후 나는 몇 번째였을지 모를 엄마를 살리기 위한 시간 여행을 그만두었다. 그러나 남몰래 하드웨어를 사용하는 것만은 멈추지 않았다. 구조가 끝날 때마다 남몰래 하드웨어를 이용해 홀로 도피할 수 있는 시간과 장소를 찾아 헤맸다. 세상을 아무것도 변화시키지 않고 돌아올 수 있으면서도, 내게 위안이 되는 그 순간.

몇 개월 사이 D는 백도어를 통해 회귀 기한이 10년 전에서 20년 전으로 늘어난 사실을 귀띔해 주었고 나는 수십 번의 시도 끝에 드디어 나만의 안식처를 찾아낼 수 있었다.

"설정 시각. 2010년 8월 8일 오후 2시."

과부하가 걸리는지 하드웨어가 조금 뜨거워졌지만 신경 쓰지 않았다. 기도하는 사람처럼 눈을 감은 채 그날로 돌아가는 게 몇 번째인지를 떠올려 보았다. 양손의 손가락으로 셀 수 없다는 걸 깨닫고는 세기를 포기할 즈음 구조 업무 때보다 강한 어지러움이 느껴지기 시작했다.

○●○

20년 전 세상은 내가 이곳에 살았다는 사실이 믿기지 않을 만큼 평화롭다. 산책 나온 엄마가 아이가 탄 유모차를 밀며 여유롭게 길을 거닌다. 말을 알아듣지 못할 만큼 어린 아이에게 냄새를 맡고 지나가는 강아지를 설명해 주는 엄마의 얼굴에 선 꽃과 같은 미소가 피어난다. 잔잔히 불어오는 바람이 손을 흔들어 저 가족에게도, 나에게도 인사를 건네는 것 같다. 사람들의 눈을 피해 하드웨어를 사용할 만큼 나는 평화로운 이 하루에 중독되어 있었다.

플라타너스가 양쪽으로 뻗은 길을 걸어가자, 활짝 열린 초등학교 정문이 보이기 시작했다. 반소매 체육복을 입은 아이들이 자기 키만 한 가방을 메고 저마다 친구의 손을 잡은 채 정문을 걸어 나오고 있었다. 정문 근처에서 기다리고 있던 엄마들이 눈으로 열심히 제 아이를 찾아 손을 흔들면, 아이들은 친구에게 손 인사를 하고는 엄마를 향해 달려가 안겼다.

멍하니 그 모습을 바라보다 익숙하게 문구점으로 발걸음을 옮겼다. 누군가를 위해 선물을 준비하는 것. 오직 이곳에서만 할 수 있는 일이다. 선물은 매번 달라진다. 목이 길지 않은 기린 인형이나, 빨갛고, 하얗고, 파란 큐브로 조립된 로봇, 유행하는 젤리 슈즈까지. 이번에도 한참 동안 고른 선물을 계산대에 올렸다. 커다란 종이 가방을 든 채 문방구를 나오는 내게 D가 한참을 묵혀두었던 물음을 조심히 꺼냈다.

〈돌아오는 날이 왜 매번 오늘이에요? 생일이라면 작년도 있고, 내년도 있는데…….〉

"그야……."

한 번도 그 이유를 생각해 보지 않았다는 걸 깨달았다. 하지만 답을 찾아내는 데 오래 걸리지는 않았다. 모르는 척하고 있었을 뿐, 정말로 몰랐던 것은 아니었으므로.

"태어나서 제일 외로웠던 날이니까."

무언가 더 말하고 싶었지만 운동장 저 멀리서 노란색 티셔츠에 회색 바지를 입은 여자아이가 눈에 들어왔다. 20년 전의 어린 나, 여덟 살의 회영이었다. 또래 아이들이 모두 떠나버린 한적한 운동장 구석에서 어린 회영은 홀로 그네 위에 앉아 다리를 앞뒤로 흔들고 있었다. 회영의 발짓에 따라 그네는 천천히, 때때로 빠르게 앞뒤로 흔들렸다. 그렇게 그네를 타다 저 하늘로 날아간대도 괜찮을 만큼 열심이었다. 여덟 살의 나는 지금만큼 현실에서 벗어나기 위해 무던히도 애를 썼던 모양이었다. 아이에게 다가가며 나는 말을 이어갔다.

"여덟 살은 엄마가 바쁘면 딸 생일을 까먹을 수 있다는 사실을 절대 이해하지 못할 나이잖아. 외로운 건 나니까, 위로도 내가 하는 거야."

입을 삐죽 내민 채 제 안에 담긴 슬픔을 털어내려 발을 구르는 어린 내 모습은 몇 번을 봐도 익숙해지지 않았다. 나는 목소리를 가다듬고 말을 걸었다.

"회영아."

"누구세요?"

낯선 사람을 경계하라는 담임 선생님의 말을 기억해 내느라 발로 그네를 멈추었지만, 호기심 가득한 눈으로 나를 바라보는 아이.

"엄마 친구. 엄마가 오늘 일이 많아서 좀 늦으실 것 같대. 이모가 회영이랑 기다리려고."

"네에."

화가 나면 입을 꾹 다물어버리는 모습이 지금의 나와 너무나 닮아 웃어버렸다. 갑자기 왜 웃음을 터뜨리는지 의아해하는 어린 회영에게 미안한 마음을 담아 준비해 온 종이 가방을 건넸다.

"이게 뭐예요?"

"엄마가 오늘 회영이 생일이라고 꼭 축하해 줘야 한다고 해서. 이모도 회영이 생일 축하해."

어린 회영이 들뜨는 마음을 애써 감춘 채 그네에서 내려 차분히 종이 가방을 열어보았다. 무선으로 조종 가능한 하얀색 RC카였다. 비포장도로로도 자유롭게 돌아다닐 수 있는 두툼한 바퀴를 단 지프차를 24분의 1 크기로 제작한 장난감이었다. 각진 모양의 지프차는 어떤 상황에서도 스스로를 지킬 수 있을 만큼 강해 보였다.

RC카 선물을 받은 적도, 가지고 놀아본 적도 없었으므로 그게 자신의 취향인지를 판단하는 것조차 어려웠다. 오늘 문구점에서 유난히 눈에 띄는 자동차를 본 순간 내가 어른이 된 후 가장 먼저 면허를 땄다는 사실이 떠올랐다. RC카를 꺼내든 어린 회영은 높은 옥타브의 목소리로 감사 인사를 건네곤 자동차를 운동장에 내려놓고 조종을 시작했다. 처음에는 리모컨을 만지는 것조차 어색해하던 어린 회영이도, 삐걱거리던 RC카도 움직임이 금세 매끄러워졌다. RC카를 저렇게 좋아하는 줄 알았다면, 처음부터 저걸 선물해 줬을 텐데. 그럼 아마도 나는 카레이서가 되었을까.

〈시간과 장소는 같은데, 매번 다른 선물이네요. 어차피 마지막 선물 하나밖에 기억 못 할 텐데.〉

어린 회영이 운동장 한가운데로 달려가는 바람에 모습이 작아지자 D가 내게 물었다.

"내가 기억하잖아. 선물은 받는 사람보다 주는 사람이 즐겁고 행복한 거래."

〈확실히 지금까지 받은 선물 중에 제일 재밌어 보이네요, 저쪽 회영 님은.〉

회영이 열심히 RC카를 운전하는 모습이 한참 동안 내 눈동자에 담겼다. 하얀 RC카가 이리저리 넘어지고, 벽에 부딪히기도 했다. 어려워하는 것 같아 도와주려고 가까이 다가가려고 하면 회영은 저 멀리서부터 괜찮으니 앉아 있으라며 두 팔을 이리저리 휘저었다. 엉거주춤 일어선 자세를 고쳐 다시 벤치에 앉는 순간, 손목에서 D가 빨간빛을 빠르게 반짝이기 시작했다.

〈회영 님, 이제 가야 해요.〉

스마트폰을 꺼내 하드웨어의 배터리 상태를 확인했다. 13%. 10분 정도는 더 있을 만한 여유가 있는데 성급하게 구는 D가 이상했다.

"5분만 더 있다가 가면 안 될까?"

〈안정화가 안 돼서 배터리가 생각보다 빨리 닳고 있어요. 주변에 위험도 감지되고요. 무슨 일 생기기 전에 돌아가요.〉

더 억지를 썼다간 얼마 남지 않은 배터리만 낭비하겠다는 생각에 어린 회영에게 인사를 하려고 벤치에서 일어나 손을 흔드는데, 아이가 나를 바라보며 빠른 걸음으로 다가왔다.

"이모, 지금 갈 거예요?"

병아리 같은 목소리가 운동장의 주인인 양 주변의 공기를 제 것으로 만들었다. 잠시 리모컨을 내려놓은 사이, RC카가 제멋대로 이리저리 곡선을 만들며 학교 정문으로 향하기 시작했다. 아이는 저도 모르게 RC카를 따라 달렸고 나는 아이를 붙잡으려고 그 뒤를 바짝 뒤쫓아 갔다. RC카는 이미 학교 정문을 지나며 건널목을 가로질러 건너편 골목으로 사라져 버린 후였다. 어린 회영은 홀린 듯 건널목을 가로지르려고 했다. 어린이 보호 구역으로 트럭 한 대가 들어서서 서행하는 중이었지만, 불법 주차된 차들 때문에 회영이 달리는 모습이 보이지 않는 모양이었다.

"회영아!"

트럭이 회영을 발견하고 브레이크를 밟은 순간, 나는 아이를 안은 채 건널목을 굴렀다. 찰나가 영겁처럼 느리게 흘러갔다. 구르고 난 후에도 고통 때문인지, 어린 나를 잃게 될지도 모른다는 두려움 때문인지 한참을 눈을 뜰 수 없었다. 등 뒤에서 트럭 기사가 괜찮냐고 묻는 소리와 함께 뒤차들의 경적 소리가 들렸다. 나와 어린 회영은 모두 무사했다. 자리에 앉은 채 아이의 몸에 다친 곳은 없는지 이리저리 살펴보았다.

"회영아, 괜찮아?"

아이는 아무 대답 없이 큰 눈만 끔벅이고 있었다. 아이를 안아 들고 인도로 옮겨놓는 동안 내 어깨에 제 작은 몸을 의지하고 나서야 사고가 날 뻔한 순간이 실감 나는지 눈물을 터뜨렸다. 소리 내어 울지도 못하고 눈물만 뚝뚝 흘리는 아이를 어찌할 줄 몰라 두 손으로 눈가를 닦아주었지만, 아이는 울음을 그칠 생각이 없어 보였다. 먼지가 묻은 옷 여기저기를 털어주는 사이 아이의 찢어진 바지 사이로 무릎에서 흐르는 피가 보였다.

〈이러다가 못 돌아가겠어요! 빨리요!〉

주위 사람도 아랑곳하지 않고 D가 소리쳤다. 우리를 빙 둘러싼 사람들이 손목시계에서 나는 여자 목소리에 놀라 뒤로 물러섰다. 나는 어린 회영의 두 팔을 살짝 쥐고 안심시켰다.

"회영아, 엄마 금방 올 거니까, 엄마 올 때까지 어디 가지 말고 여기서 기다려야 해. 꼭이야?"

놀란 기운이 가셨는지 아이는 그제야 눈물을 닦으며 끄덕였다. 나는 외진 골목길을 향해 달리기 시작했다. RC카를 사다 준 게 잘못이었을까. RC카가 아니라 기린 인형을 사다 주었다면 무릎에 피가 나는 일이 일어나지 않았을까. 아니 애초에 내가 이곳을 찾아오지 않았더라면…….

달리는 와중에도 아이가 마음에 쓰여 자꾸만 뒤를 돌아보다가 마주 오던 누군가와 부딪쳐 넘어지고 말았다. 그 바람에 헐거웠던 D가 손목에서 벗겨져 인도 위에 떨어졌다. 순간 D의 화면에 하드웨어 잔여량이 나타났다. 3%. 빨리 돌아가야 한다는 사실에 얼른 일어나 D를 주우려고 했지만, 손발에 힘이 빠졌는지 쉽사리 일어서지 못하고 주저앉았다. 그때 부딪친 사람이 D를 주워 내 손목에 채워주고는 부드럽게 내 몸을 일으켜 세워주었다.

"괜찮으세요?"

나를 일으켜 준 사람은…… 엄마였다. 지금의 나와 몇 살 차이 나지 않는, 어린 나를 먹여 살리기 위해 밤낮으로 마트에서 일했던 20년 전의 엄마. 수십 번 이곳으로 돌아왔지만 엄마의 얼굴을 가까이서 보는 건 처음이었다. 수많은 현실도피를 하면서도 엄마를 일부러 피했던 건 마주하는 게 두려웠기 때문이다. 흰머리와 주름 하나 없이 살아 있는 엄마를 보면 내가 무너져 버릴까 봐. 그대로 울어버릴까 봐. 영문을 알지 못하는 어린 엄마는 내가 다친 곳은 없는지 살펴보고 있었다.

"네, 괜찮아요."

눈물이 차오를까 봐 눈을 하늘로 크게 뜨고 있는 동안, 내가 누군지도 모르는 엄마는 내 팔뚝에서 흐르는 피를 보고 자신의 손수건을 꺼냈다.

"이걸로 닦아요. 아이고, 이거 흉지면 안 되는데……."

"감사합니다. 근데 제가 좀 급해서 여기……."

팔에 묻은 피를 닦고 다시 손수건을 돌려주려는데 엄마가 손사래를 쳤다.

"가져가요. 난 집에 많아."

더 지체할 수 없어 꾸벅 인사를 하고 시간 이동이 가능한 곳을 향해 내달렸다. 달리는 동안 뒤돌아 엄마를 한번 더 보고 싶은 욕망을 끝내 삼켰다. 신화 속 에우리디케를 잃은 오르페우스처럼 돌아보는 순간 사랑하는 사람을 지키지도, 떠나지도 못하는 사람이 될 것 같은 두려움이 나를 짓눌렀다. 엄마가 붙잡았던 팔뚝에 스친 부드러운 손길이 잊히지 않았다.

얼마나 달렸을까. 아무도 없는 낯선 골목에 도착했다. 골목 안 전봇대 근처에는 흡연 금지라는 팻말이 여기저기 붙어 있었고, 그 팻말들이 무색하게 길바닥 이곳저곳에 담배꽁초가 떨어져 있었다. D를 확인해 보았지만 아무 소리도, 화면도 나타나지 않았다. 나는 점퍼 속 하드웨어를 꺼내 스마트폰과 연결했다. 하드웨어의 배터리 잔량은 1%였다. 돌아갈 수 있는 것일까. 그 생각에 잠겨 하마터면 눈을 감는 것조차 잊을 뻔했다. 사랑하는 엄마를 이곳에 둔 채 혼자 어떻게든 살아보겠다는 듯 버튼을 누르는 내가 가증스러웠다. 혐오와 두려움이 뒤섞여 온몸을 감싸고 있었다. 나는 어지러움과 두통에 몸을 맡긴 채 속절없이 몸을 떨었다.

나를 깨운 건 이마 위로 흐르는 땀이었다. 눈을 뜨니 더운 바람이 불고 있었다. 돌아왔다는 걸 깨달았는데도 계단에 주저앉아 멍하니 허공을 응시했다. 식은땀을 흘리며 한참을 층계에 앉아 심호흡을 하고 나서야 겨우 몸을 일으킬 수 있었다.

사무실로 도착한 시각은 퇴근 무렵이 다 되어서였다. 사무실 문을 열자마자 손톱을 물어뜯으며 출입문만 바라보던 희태가 기다렸다는 듯이 벌떡 일어났다.

"왜 이제 오시는 거예요? 뭘 잃어버리셨길래 이렇게 늦게 오시는 거냐고요."

"뭐가 이렇게 늦게야. 별로 늦지도 않았구먼."

"남 팀장님이 자꾸 두둔하시니까 매번 선임님이 저러는 거잖아요."

"회영이가 업무 방해한 건 아니잖아. 그리고 다른 날은 이렇게 늦은 적도 없는데……."

"1분이든 1시간이든 선임님이 왔다 갔다 하시는 그 시간도 전부 업무 시간이에요. 일종의 업무지 이탈이라고요. 무슨 일을 하고 돌아오는지 남 팀장님에게도 공유 안 하시잖아요. 저는 그렇다고 치고 남 팀장님은 생각도 안 하세요?"

나는 남 팀장님을 돌아보았다. 겉과 속이 투명한 희태와 달리 남 팀장님은 표정만으로 그 속을 읽어내기 어려웠다. 남 팀장님은 나에 대해 얼마나 알고 있을까. 정말로 아무것도 모르고 있는 게 맞다면 몇 시간 동안 사무실로 복귀하지 않은 나에게 무슨 일이 있었는지 화를 내며 물어야 하는 게 맞지 않을까.

"박희태, 이제 그만하지. 무슨 일이 생기든 내가 다 책임질 테니까. 희영 씨 천천히 걸어오지, 뭐가 급하다고 달려왔어.

땀 닦아."

팀장님은 티슈 한 장을 뽑아 나에게 내밀었다. 나는 티슈를 받아 들었지만 땀을 닦아내지는 못했다. 문득 사고 대상자가 어떻게 되었는지 확인하지 못했다는 사실을 깨달았다.

"사고 대상자는 어떻게 됐어요?"

"검찰 측에서 기소 여부 결정할 때까지 상담 치료를 할 거라고 들었어. 지금은 병원에 있대."

한낮의 더위가 누그러지고, 크지 않은 사무실 창문의 열기도 어느샌가 자취를 감추었다. 남 팀장님은 6시가 되자 일이 있다며 사무실을 떠났다. 희태가 떠날 때까지 사무실에 앉아 있으려고 했지만, 안절부절못한 채 내 얼굴을 살피던 희태가 괜찮으면 저녁을 같이 먹자고 권했다. 나는 오늘 안으로 보고서를 써야 한다며 거절했다. 너무 단호한 거절이었을까 희태의 얼굴을 살펴보니 화난 표정은 아니었다. 미안한 얼굴이었다. 내게 했던 말들을 후회하고 있는 것 같아 내가 먼저 말을 꺼냈다.

"낮엔 내가 너무 비관적으로 말해서 미안해. 나 원래 좀 그런 거 알잖아. 재수 없고, 냉정하고……. 앞으로는 늦게 오는 것도 자제해 볼게. 그러니까 희태 씨가 이해 좀 해주라."

그제야 마음이 놓인 듯 희태가 가까이 다가와 내 두 손을 맞잡았다.

"제가 죄송해요. 선임님이 최선을 다해서 일하는 걸 잘 알면서 잠깐 냉정한 말투에, 저 같은 게 뭐라고……. 근데요, 선임님. 저 진짜 이 일 잘 해내고 싶어요. 정말로 사람들에게 도움이 되는 일이잖아요. 우리 셋이 같이 계속 일했으면 좋겠어요. 그렇게 할 수 있도록 도와주실 거죠?"

같이 야근하겠다고 우기는 희태에게 보고서를 끝내지 못할 것 같아 걱정이라고 부드럽게 퇴근을 권했다. 희태마저 퇴근한 사무실에서 내 자리에 있는 스탠드만 켜놓고 일을 시작했다.

겨우 보고서를 마무리하고 집에 돌아오니 거실엔 어둠이 드리우고 작지만 환한 그믐달이 창을 비추고 있었다. 거실에 들어와 화면이 꺼진 D를 테이블 위 거치대에 올려놓자 자동 충전이 시작되었다. D가 충전되는 모습을 바라보는 와중에 시곗줄에 생긴 생채기가 보였다. 어린 회영이를 구하다 생긴 걸까. 아니면 엄마 앞에서 넘어졌을 때인가. 다친 상처가 떠올라 오른쪽 팔뚝을 걷어보았다. 상처를 다른 손으로 쓱 닦아보았지만, 피가 멈춘 듯 묻어나지는 않았다.

샤워를 하고 나오는 와중에야 오늘 생긴 상처가 하나가 아니라는 사실을 깨달았다. 무릎에 전에 없던 뚜렷한 일자 모양의 흉터가 두드러져 보였다. 어린 회영이 넘어져 생겼던 상처가 20년이 흐른 후에도 흉이 져 남아 있었다.

"아까 심하게 넘어졌나 봐. 얼마나 아팠을까."

냉장고에서 꺼내놓은 맥주를 꺼내 마시며 혼잣말을 이어갔다.

"나는 나에게도 도움이 안 되는 사람이야."

나의 자책을 들었는지 충전 중인 D가 급하게 내 말문을 막았다.

〈회영 님이 어렸던 자신을 스스로 구한 거예요.〉

"걱정 마."

'나 안 죽어.'라는 짧은 문장을 덧붙이려다 그대로 입 안으로 삼키고는 무릎의 상처를 잠옷으로 덮어버렸다. TV도 꺼놓은 채 조명만 드문드문 켜놓은 거실에 한참이나 쭈그리고 앉아 있었다. D에게 죽지 않겠다고 약속할 수 있는 날이 며칠이나 남았을까. 아무리 하드웨어를 타고 과거로 돌아간다고 해도 나는 엄마도, 어린 시절의 나도 행복하게 해줄 수 없는 사람이다.

"오늘 일 말이야. 아니, 20년 전 내 생일날이라고 해야 하나……."

〈정말 큰일 날 뻔했어요. 회영 님이 아이를 구해주지 않았다면,

오늘의 회영 님도 없었을 거예요. 비록 무릎에 흉터는 생기긴 했지만요.〉

“맞아, 그리고 세상은 아무것도 변한 게 없어. 내 무릎에 흉터 하나 더 남았다고, 사회가 바뀌거나 하는 것도 아니잖아. 그럼…….”

나는 D의 눈치를 보며 얘기를 계속했다.

“우리 엄마 살리는 것도 가능하지 않아? 그걸로 사회가 바뀔 것도 아닌데. 우리 엄마, 나한테 소중한 사람이지 무슨 국가나 세계에 중요한…….”

〈회영 님.〉

D가 내 말을 끊으려 했지만, 나도 멈출 수 없었다.

“생각해 봐. 엄마랑 나, 둘 다 이 세상에서 그렇게 중요한 사람들이 아니잖아. 나는 세상에서 사랑하는 사람이 엄마 한 명뿐이었는데, 엄마가 돌아가시고 하루하루 살아내는 게 고통이야. 하드웨어를 이용하면 엄마를 만질 수 있어. 분명 내가 구할 수 있는데. 내가 할 수 있는 게 아무것도 없는 기분을 넌 절대 모를 거야. 그래서 매일…….”

나는 말을 멈추었다. 내 꿈을 짐작만 하는 것과 내 입으로 직접 말하는 것은 그 무게도 의미도 전혀 달라지는 일이었다. D에게 내 꿈을 고백하는 순간, 그 내용이 전부 텍스트로 전환되어 그대로 처장님께 전송될지도 모른다. 이런 내 속을 모르는지 화가 난 듯한 목소리로 D가 말했다.

〈저도 이렇게 냉정하게 말씀드리고 싶지는 않아요. 그러나 이지은 님의 사망은 생명 보호법 제정에 계기가 된 일이에요. 그 사고가 사라진다면 생명보호처도 사라질 수 있고, 그에 따른 파장이 어디까지 갈지는 누구도 예측이 불가능해요.〉

엄마의 그 잘나신 친구가 처장으로 있으면서 우리 엄마의 생명 하나 보호하지 못한 생명보호처. 갑자기 그곳에서 타인을 살리겠다며 아등바등하는 내가 한심해졌다. 자리에서 일어나 엄마의 방에 들어가려는 순간 집 안의 모든 불이 꺼졌다.

〈어머니 방은 왜 들어가시려고요? 회영 님, 설마 이상한 생각하시는 건 아니죠?〉

캄캄한 주변을 헤매다가 겨우 엄마의 방 문고리를 잡았지만, D에 의해 방문이 잠겨 있었다.

〈약한 생각 하지 마세요. 회영 님은 강한 사람이에요. 어렵지 않아요. 지금 이 시간만 버티면 되는 거예요.〉

나는 D의 말에 대꾸하지 않고, 문고리를 더욱 세게 돌렸다.

〈더 이상 회영 님을 곤란하게 하고 싶지 않아요.〉

D는 그저 나를 지키는 것 외에 다른 관심은 없어 보였다. 숨이 붙어 있다고 해서 다 살아 있는 것이 아닌데, 그게 무슨 의미인지 인공지능은 죽어도 알 수 없겠지.

수십 번을 문고리를 돌리다 못해 문을 세차게 두드리는데, 테이블 위에 올려놓았던 스마트폰이 스피커 모드로 전환되더니 전화 연결음이 들리기 시작했다. 익숙한 이의 목소리가 스마트폰 너머로 들려왔다.

"여보세요? 회영아, 무슨 일 있니? 왜 늦은 시간에 갑자기 전화했어?"

처장님의 목소리였다. D가 스마트폰을 연결해 전화를 건 것이다. 나는 작게 목소리를 가다듬고 말했다.

"아니요, 아무 일 없어요."

"정말 괜찮은 거니? 지금 집에 있어? 내가 그쪽으로 갈까?"

안타까운 목소리가 암흑을 뚫고 거실에 울려 퍼졌다.

"정말 괜찮아요. 스마트폰을 만지다가 실수로 잘못 누른 거예요."

처장님은 겨우 안심한 목소리로 화제를 돌렸다.

"안 그래도 오늘 말하려다 깜박한 게 있는데 마침 잘됐구나. 내가 의사 선생님께 직접 연락해서 내일 오전 네 이름으로 예약해 놨어. 별일 없으면 내일 반차 쓰고 병원에 다녀오는 게 어떻겠니?"

더는 물러날 수 있는 곳이 없었다.

"네, 그렇게 하겠습니다."

짧은 안부 인사를 남기고 전화는 끊어졌다.

기다렸다는 듯 거실의 불이 다시 켜졌다. D에게 화를 내고 싶었지만 온몸이 나른해지고 있음을 느꼈다. 20년 전으로의 시간 이동으로 인해 피로감이 쌓여서일까. 윙 소리를 내며 가동되는 가습기와 공기청정기에서 평소와 다른 기체가 쏟아져 나오고 있는 건 아닐까. D에게 묻지 않았다. 그래봤자 진정제 아니면 수면 유도제 성분 같은 것일 테지.

바닥에 늘어진 바지를 옷장에 넣으려고 집어 드니, 주머니 속에서 20년 전의 엄마가 건네줬던 손수건이 떨어졌다. 하얀 천의 네 귀퉁이에는 하늘색 꽃이 한 송이씩 그려져 있었다. 엄마의 방에 간직하고 싶었지만 문이 잠겨 있는 바람에 평소엔 잘 사용하지 않는 거실 서랍을 열었다. 첫 번째, 두 번째 칸을 열어도 물건을 넣을 만한 공간은 보이지 않았다. 제일 아래 칸을 열자 한 번도 본 적 없는 상자 하나가 눈에 띄었다. 내 나이보다 오래된 것 같은 연꽃 무늬 자개 상자. 나는 조심스레 상자를 열어보았다. 자물쇠가 없는 상자는 삐걱대는 소리와 함께 열렸다. 엄마가 돌아가시기 전까지 작고 소중한 것을 모아두었던 공간인 것 같았다.

그대로 서랍 앞에 앉아 상자 안 물건들을 하나씩 꺼내보기 시작했다. 대학 졸업식 날, 나 대신 학사모를 쓴 엄마와 내가 팔짱 낀 채 활짝 웃고 있는 사진. 까마득한 유치원 시절 어버이날 기념으로 엄마에게 썼던 꼬불꼬불한 글씨의 감사 카드. 그리고 맨 아래 깔린 빛바랜 메모 한 장. 편지라고 부르기에 보잘것없는 그 종이에 적힌 내용은 간단했다.

지은에게

미안해, 아무래도 약속을 지키기 힘들 것 같아.

우리 헤어지자.

— 민호

아빠는 어디 있냐고 물어보던 철없던 어린 날들. 엄마는 언제나 부드러운 미소를 띤 채 아빠는 먼 곳으로 여행을 떠났다고 대답했다. 아빠가 사는 곳의 날씨는 어떨까, 지구본을 돌려가며 궁금해하던 기억이 선명하다. 이상함을 눈치챈 것은 초등학교 1학년 무렵이었다. 간혹 부모님을 여읜 친구들도 부모님의 사진 한 장쯤은 가지고 있었다. 돌아가시기 전 부모님의 직업이나 주말에 함께 했던 일들을 읊으며, 집에 돌아가면 만날 수 있는 사람을 이야기하듯 생생하게 떠들곤 했다.

나는 아빠라는 단어 앞에선 늘 입을 다물었다. 아빠는 어떤 사람인지, 언제 어떻게 돌아가셨는지 그 무엇도 알 수 없었다. 한 번도 엄마에게 아빠에 대해 묻지 않은 것은 아무리 내가 혼란스러울지라도 나보다 엄마의 마음이 더욱 캄캄할 거라는 것을 내가 어렴풋이 헤아렸기 때문이다.

민호라는 사람의 사진이 있을까 상자를 뒤져보았지만 상자 안에 엄마와 나 외에 다른 사람의 사진은 보이지 않았다. 고이 간직한 짧은 편지 한 장으로 나는 엄마가 해주었던 이야기가 거짓이었음을 직감할 수 있었다.

〈민호가 누구예요?〉

D가 조심스러운 목소리로 물었지만, 집에 설치된 화질 좋은 홈 카메라를 통해 이미 편지 내용까지 읽었을 터였다.

"아빠."

〈아빠가 누군지 모른다고 하셨잖아요.〉

"엄마가 유일하게 간직하고 있는 다른 사람의 편지니까."

〈아빠가 어떤 사람인지 알고 싶어요?〉

"아니."

나는 편지를 상자 안에 넣으며 대답했다.

"근데…… 만나면 하고 싶은 말은 있어."

D가 어떤 말을 할지 알겠다는 듯 더 묻지 않았지만 그럴수록 집요하게 대답하고 싶었다.

"부탁이니까 제발 우리 엄마랑 만나지 말라고. 둘이 만나고 내가 태어나는 바람에 내가 나보다 사랑하는 우리 엄마가……."

분노 혹은 슬픔. 어느 쪽이든 D 앞에서만은 참을 수 없어진다. 나는 서랍에서 한참 동안 쓰지 않은 캔들 라이터를 꺼냈다. 캔들 라이터에 불을 붙여 작고 부질없는 편지를 태워버리려고 했다. 하지만 반복해서 라이터를 눌러보아도 작은 불꽃 하나 일어나지 않았다. 이 세상에 내 마음대로 할 수 있는 일이 하나도 없다는 사실을 확인받는 것 같았다.

나는 서랍장에 이마를 댄 채 고개를 숙였다. D는 아무 말

없이 거실 조명을 낮추고 TV를 켰다. 집 안은 내 울음소리 대신 TV에서 들리는 백색소음으로 메워지고 있었다. 죽고 싶다는 생각조차 내 마음대로 하지 못하는데, 엄마가 소중히 했던 편지를 태운다고 내 마음이 괜찮아졌을까. D의 선택은 항상 옳았다. D가 없으면 나는……. 정말로 아무것도 할 수 없을 것이다.

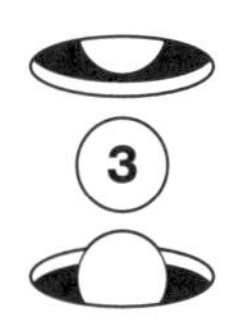

예약 시간에 맞춰 정신과 문을 열고 들어가니 귀에 익은 클래식이 흐르고 있었다. 멋진 카페 같은 인테리어와 대조적으로 기다리는 사람들의 얼굴은 경직되어 보였다. 그들은 다른 사람과 눈을 마주치지 않으려는 듯 거리를 두고 바닥을 응시하거나, 스마트폰에서 눈을 떼지 않는다. 나 역시 다른 사람들로부터 멀찍이 앉아 애꿎은 손톱과 읽히지도 않는 잡지의 종이를 번갈아 만지며 내 이름이 불리기만을 기다렸다. 한참이 지나 보이지 않는 어딘가에 숨겨진 스피커에서 내 이름이 흘러나왔다.

"이회영 님, 들어가세요."

오래된 은테 안경을 쓴 의사의 얼굴은 조금 지쳐 보였다. 가르마 근처에 드문드문 보이는 새치는 그의 일이 결코 녹록지 않음을 보여주는 듯했다. 그럼에도 환자에게 내색하지 않으려고 옮게 미소 짓는 모습을 보자면 세상에 가면을 쓴 채 살아가는 사람이 나뿐만은 아니라는 생각에 안심이 된다. 선생님은 키보드에서 손을 떼지 않은 채 담담한 낯빛으로 진찰을 시작했다.

"요즘에도 잠을 잘 못 주무시나요?"

"네, 그런데 매일은 아니에요. 그냥 가끔이요."

타닥타닥 울리는 키보드 소리와 함께 나의 거짓말이 선생님의 모니터 속으로 빨려 들어갔다.

"잠을 잘 때 꿈을 꾸나요?"

"꿀 때도 있고, 안 꿀 때도 있어요. 그런데 깨어나면 꿈은 잘 기억나지 않아요."

매일 같은 꿈을 꾸는데, 기억이 나지 않을 수 있을까. 매번 같은 공간, 같은 사람을 마주하는데……. 하지만 비슷한 얘기로 매번 거짓을 말하는 이 공간 역시 꿈과 별반 다르지 않다. 솔직하지 못한 마음을 두고 선생님과 눈을 마주치며 대화하는 것은 버거운 일이었다. 자꾸만 선생님의 어깨 너머로 보이는 창밖으로 시선이 움직였다. 건물 사이사이 하늘은 파란색 물감을 풀어놓은 것처럼 눈이 부셨다. 선생님의 침묵으로 상담실은 작은 우주가 된 것 같았다. 내 거짓말을 알아차린 것일까. 약도 안 먹고, 상담도 거짓으로 할 거면 이제 병원 같은 데 올 필요 없다고 말하고 싶은데, 꾹 참고 있는 것일까.

"태어나서 가장 행복했던 날 기억나요?"

이상하게도 정말 행복하다고 느꼈던 날은 정말이지 평범한 하루였다. 늘 그렇듯 야근을 하고, 저녁을 먹지 않고 기다리고 있을 엄마를 위해 정류장에서 내리자마자 달려 한걸음에 집까지 도착한 날. 엄마는 인기척을 듣고 현관까지 마중을 나와 가벼운 내 가방을 대신 들어주었다. 나는 엄마가 사라지기라도 할 것처럼 그 짧은 새를 기다리지 못하고 허겁지겁 엄마의 뺨에 내 뺨을 비볐다. 내 볼 위로 엄마의 얇고 부드러운 살결이 느껴졌다.

"오늘도 힘들었지?"

"완전! 엄마 아니었으면 월급이고 뭐고 당장 사표 쓰고 집으로 달려왔을 거야."

엄마를 와락 껴안았다. 섬유 유연제 향과 엄마의 살냄새가 섞인, 세상에서 오직 나만 맡을 수 있는 향이 부드럽게 나를 감싸 안았다. 엄마가 내 등을 느긋하게 쓰다듬었다. 엄마의 얼굴을 보지 않아도 다정하게 미소 짓고 있다는 걸 알 수 있었다.

"이렇게 엄마 안고 있으면 충전하는 기분이야."

엄마가 차려준 소고기 미역국과 계란말이를 어린아이처럼 꼭꼭 씹어 먹었다. 엄마가 나서기 전에 얼른 일어나 설거지를 하고는, 엄마와 거실 소파에 나란히 앉아 TV를 보다가 이내 엄마의 무릎을 베고 누웠다. 엄마가 좋아하는 연속극을 보고 있자면, 연속극의 내용보다도 집중한 엄마의 반응이 재밌어서 눈을 떼지 못했다.

엄마가 내 얼굴을 만지며 말했다.

"회사 다니는 거 힘들면 언제든지 엄마한테 얘기해야 해?"

"나 힘들면 엄마가 나 먹여 살려줄려고?"

"그럼, 우리 딸 힘들다는데 너 하나 못 먹이고 살까 봐? 그 대신 엄마랑 꼭 붙어서 평생 살아야 된다?"

엄마는 농담이었을지 몰라도 나는 꼭 그렇게 하리라 다짐했었다.

이 모든 이야기를 선생님에게 말하지는 않았다. 드문드문 이야기를 내뱉은 나는 상담을 마치기 전 의사 선생님께 처음으로 솔직하게 물었다.

"엄마가 없는 세상에서…… 제가 사는 게 의미가 있을까요?"

선생님의 대답은 아주 길고 모호하게 느껴졌다. 같은 슬픔도 사람에 따라 극복하는 기간이 달라진다는 말에, 내 상실은 극복할 수 없는 종류의 것일지도 모른다고 홀로 생각했을 뿐이었다.

○●○

점심 대신 아이스 카페라테를 챙겨 들고 사무실로 들어가는 중이었다. D의 조언에 따라 남 팀장님과 희태를 위한 아이스 아메리카노 두 잔도 함께 든 채였다. 엘리베이터 옆 거울을 보고, 미소를 지으며 인사하는 연습을 해보았다. 엘리베이터를 기다리던 다른 직원이 나를 힐끔 쳐다보았다. 심호흡을 하고 사무실에 들어가자, 넋이 나간 듯 앉아 있는 남 팀장님과 희태의 모습이 보였다.

"무슨 일 있어요?"

"이것 좀 봐."

남 팀장님이 패드를 내밀었다. 커다란 화면 속에 매일 발행되는 영상 신문이 재생되기 시작했다. 화면 아래쪽에 "보건복지부 건물 화재 사건. 사상자 총 14명. 용의자 자살 방지법 원망 방화 자백."이라는 자막이 고정되어 있었다. 영상 속에서 검거된 피의자는 얼굴을 푹 숙이고 있었지만 나는 그가 며칠 전 우리 팀이 구한 김상훈이라는 것을 알아볼 수 있었다.

"이게 어떻게 된 거예요?"

남 팀장님은 패드를 책상 위에 던지듯 올려놓으며 대답했다.

"불구속 상태로 자택에서 병원 진단 결과를 기다리는데, 김상훈이 만취한 상태로 불을 지르러 보건복지부에 갔대. 자기는 죽는 것도 마음대로 못 하냐면서. 근데 어젯밤 야근하는 사람들이 많아서 생각보다 인명 피해가 큰가 봐."

패드 속에선 자살 방지법의 필요성에 대해 여러 패널들이 갑론을박을 벌이기 시작했다. 나는 남 팀장님의 얼굴을 바라보며 되물었다.

"분명히 구조 대상자를 선정할 때, AI가 사회에 큰 영향을 주지 않는 사람을 선별한다고 했잖아요. 그게 선한 영향이든, 악영향이든 상관없이요."

"내 말이 그 말이야."

남 팀장님은 털썩 의자에 앉았다. 무슨 일에도 덤덤해 보이던 전과는 다른 모습이었다. 울상을 하고 책상에 앉아 있던 희태가 일어나며 말했다.

"그러니까 우리…… 사람을 살린 게 아니라 죽이는 일을 한 거네요."

남 팀장님이 듣기에 거북한 소리일까 봐 나는 희태를 다그쳤다.

"결과가 안 좋았다고 해서 우리까지 우리 업무의 의도를 왜곡하지 말자."

말은 그렇게 했지만 나도 몰려오는 자괴감을 감당하기 어려웠다. 충격은 남 팀장님도 마찬가지였는지 희태의 말을 못 들은 듯 혼잣말을 했다.

"그나저나 우리 팀은 어떻게 되려나."

남 팀장님의 근심 어린 표정에 무슨 뜻인지 묻기가 두려웠다.

"우리 팀이…… 왜요?"

"오늘 일찍 긴급 임원 회의가 소집됐거든."

화재 이후, 새벽부터 모든 임원이 호출되었고 지금까지 마라톤 회의가 이어지고 있다고 했다. 회의가 길어질수록 우리 팀에게 좋지 않은 결과로 끝날 게 분명했다. 나는 사무실을 빠져나왔다. 남 팀장님은 그곳에 가봤자 우리가 할 수 있는 일은 없을 거라고 나를 설득했지만, 우리 팀의 잘못이 아닌 일로 조직의 존폐 위기가 발생했다는 사실을 알고도 가만히 당하고 있는 건 우리 중 누구와도 어울리지 않았다.

〈별일 없을 거예요. 회영 님이 아니라 위에서 해결할 문제잖아요.〉

내가 할 수 있는 건 아무것도 없다는 말을 돌려 말하는 D의 말에 내 발걸음은 빨라졌다. 설마 팀이 해체라도 되는 건가? 그럴 가능성은 낮다는 걸 알면서도 만약 그렇게 된다면 처장님을 설득시켜서라도 우리 팀을 보호해야겠다는 생각이었다.

어느새 대회의실이 위치한 복도에 도착했다. 관계자 외 출입을 금하는 펜스가 대회의실 앞을 가로막고 있었지만, 펜스 한쪽을 밀어버린 후 대회의실 문 앞까지 접근했다. 회의실 너머로 격앙된 여러 목소리가 뚜렷하게 들려오고 있었다.

"하드웨어로 살린 사람이 방화를 했다는 사실이 언론에 퍼지기 전에 당장 TF팀을 해체해야 합니다."

"지난 2년간 다른 문제가 발생한 적 없는데, 한 건이 발생했다는 건 하드웨어 사용의 문제가 아니라 방화범 개인의 문제로 봐야 하는 것 아닙니까?"

"3년 동안 수십 명을 살렸으면 뭐 합니까. 다시 수십 명을 죽인 꼴이 돼버렸는데……."

한 임원이 던진 문장에 회의실에 앉아 있는 모두가 할 말을 잃은 듯했다. 구조 대상자가 그대로 자신의 삶을 끝냈더라면 무고한 사상자는 나오지 않았을 것이다. 머릿속이 혼란스러워 문고리를 쥐었지만 쉽게 돌리지 못했다. 순간 처장님의 목소리가 들렸다.

"제가 한 말씀 드려도 되겠습니까?"

나는 처장님의 목소리가 이어지기를 기다렸지만, 마이크를 끈 채로 이야기하는지 목소리는 웅웅거리며 번지듯 문밖으로 넘어오기 전에 사라졌다. 이어서 모두 마이크를 꺼버렸는지 더 이상의 얘기가 들리지 않았다. 문득, TF팀의 총괄 책임자인 처장님이라면 우리 팀을 보호해 주실 거라는 예감이 들었다.

처장님의 발언 이후 쉽게 결론이 났는지 얼마 지나지 않아 안쪽에서 문이 열렸다. 문을 연 사람은 다름 아닌 처장님이었다. 내가 왜 여기에 있는지 묻는 대신 처장님은 다른 요청을 했다.

"남연우 팀장 좀 내 방으로 불러줄래?"

남 팀장님을 처장실로 보내고 기다리는 동안 희태는 자리에 가만히 앉아 있지 못하고 넓지 않은 사무실 이곳저곳을 걸어 다녔다. 창문을 바라보았다가, 벽 위에 걸린 꺼져 있는 모니터를 만져보았다가, 보건복지부 장관에게 투서를 쓰겠다며 편지지가 있는지 비품함을 열어보기까지 했다.

얼마쯤 지났을까. 남 팀장님이 사무실 문을 열고 돌아왔다. 단발머리를 찰랑거리며 들어온 남 팀장님의 표정이 홀가분해 보여서 나는 그만 마음을 놓고 말았다.

"무슨 말씀 나누셨어요?"

"아, 별거 아냐."

남 팀장님의 가벼운 답변에 희태는 한숨 돌렸다는 듯 숨을 크게 내쉬며 이마를 짚었다. 진짜 이야기를 들은 것은 그로부터 얼마 지나지 않았을 때였다. 구조 완료 보고서를 한참 수정

하고 있는데, 남 팀장님은 퇴근하자는 얘기처럼 아무렇지 않게 말을 던졌다.

"나…… 좀 쉬려고."

놀란 희태가 의자에서 30센티는 족히 튀어 올라 남 팀장님 앞으로 달려갔다.

"설마 처장님께서 남 팀장님 그만두라고 하신 거예요?"

씩씩거리며 콧김을 내뿜는 희태를 진정시키며 남 팀장님이 대꾸했다.

"처장님 그러실 분 아니야. 징계위원회에서 우리 팀 해체하라는 걸 자기 직위까지 걸고 막으셨다더라. 나한테도 꼭 이 자리에 있어달라고 부탁하시는데, 안 그래도 요새 좀 쉬고 싶었거든."

일과 관련된 얘기라면 모든 것을 숨김없이 있는 그대로 전달해 온 남 팀장님이었지만, 이번만은 그 말이 진실인지 혼란스러웠다. 나와 희태의 반응에 개의치 않고 남 팀장님은 머쓱한 듯 머리를 만지며 말을 이어갔다.

"내가 맨날 사무실 차리라고 할 땐 말 안 듣더니 남편이 이번엔 진짜 시작하려나 봐. 나도 좀 도와주려고. 하핫."

남 팀장님의 실소에 희태는 조금 전까지 성질을 내던 모습과 정반대의 표정을 지은 채 신나 하며 이야기를 거들었다.

"남편분이 능력 있는 검사이시니까 변호사 사무실 차리면 걱정할 게 없으시겠네요. 힘들 땐 역시 가족의 품이 최고죠."

가족의 소중함을 성토하는 희태의 말이 가슴에 꽂혔다. 하지만 그 말도 사실이었다. 엄마가 살아 계셨다면 나도 당장 전화를 걸어 오늘 일어난 일을 미주알고주알 늘어놓았을 것이다. 언제 침울했냐는 듯 즐거워하는 둘에게서 나는 조금씩 뒷걸음질 쳤다. 더는 남 팀장님을 설득하는 건 의미가 없어 보였다. 아니, 의미가 있다 한들 무슨 말로 남 팀장님을 설득할 수 있을까. 나는 말 한 마디 보태지 못하고 남 팀장님을 보며 가만히 서 있었다.

한참 짐을 싸던 남 팀장님은 상자에 얼마 되지 않는 자신의 개인 물품을 모두 넣은 후 나를 보며 말했다.

"잠깐 둘이서 바람이나 쐬고 올까?"

한여름의 태양이 끈질기게 나를 따라왔다. 아이스 커피를 받아 들고 나서도 마시지 못하는 나와는 다르게 남 팀장님은 손에 든 커피를 한 모금 길게 마시고는 머리가 띵한 듯 두 눈을 질끈 감으며 웃었다. 퇴사를 하게 되어 속없이 즐거워만 보이는 해맑은 얼굴이, 다시는 안 볼 사이에 정을 떼려는 사람의 몸짓으로 보였다.

"그동안 내 밑에서 고생 많이 했어. 이회영 선임, 희태 씨도 있지만 내가 그동안 회영 선임한테 심적으로 많이 의지했던 거 알지?"

"정말 그만두시는 거예요? 잠깐 휴직하시는 게 아니라요?"

남 팀장님의 얼굴에 배어 있던 미소가 옅어졌다. 그 눈빛이 분명히 말하고 있었다. 아직 이곳에 자신이 할 일이 남아 있다고. 하지만 입을 연 남 팀장님에게 들은 것은 예상치 못한 이야기였다.

"업무 끝나고 나서 사라지는 거 말이야."

알고 계셨던 건가. 설마 하드웨어를 마음대로 사용하는 것까지 알고 계신 걸까. 얼굴이 화끈 달아올랐다. 그동안 사적으로 사용하며 법과 조직의 규칙을 모두 어겨온 내가 우리 팀 앞에서는 한껏 정의로운 척을 해왔다는 걸 들킨 기분이었다. 손에서 힘이 빠져나가 하마터면 커피를 쏟을 뻔했다. 이를 알아챈 남 팀장님은 내 손에서 커피를 빼내 벤치 위에 올려놓고, 자신의 두 손으로 내 두 손을 꽉 잡아주었다. 차가운 내 손에 온기가 전해져 왔다.

"하지 말라고 하진 않을게. 대신, 아무에게도 들켜선 안 돼. 희태에게도. 우리 팀 업무, 보이는 것보다 더 위험하고 이해관계가 얽혀 있는거 알잖아."

"알고 계셨어요?"

"내가 희태처럼 눈치 없는 사람인 줄 알았어?"

"근데…… 위험한 일이라면서 왜 하지 말라고는 안 하세요?"

"자기는 모르지? 혼자 홀연히 사라졌다가 나타날 때 보이는 자기 얼굴이 얼마나 행복해 보이는지."

웃지 않았다고 생각했는데, 마음속에서 피어오른 어린 나에 대한 애틋한 감정마저 감출 수는 없었나 보다. 나도 모르게 여덟 살의 나와 남 팀장님을 인사시켜 주는 장면을 떠올렸다. 아마 그곳엔 젊은 시절의 엄마도 함께일 것이다.

퇴근 시간이 지나고 건물 안이 어두워지기 시작할 무렵 나는 처장실 문을 노크했다. 처장님의 들어오라는 말에 비집고 나오려는 화를 안으로 욱여넣었다. 항상 다르지 않은 처장실의 인테리어가 오늘따라 삭막해 보였다. 사무용 책상 앞에서 업무를 처리하던 처장님은 방 가운데에 있는 테이블로 자리를 옮겨 앉았다. 내가 어떤 말을 하려고 들어왔는지 알고 있는 듯 늘 보여주었던 환대의 표정이 보이지 않았다.

"저희 남 팀장님 어떻게 된 건가요?"

"남 팀장이 벌써 애기했구나……. 내가 생각해 보고 결정해 달라고 했는데."

"정말 처장님께서 그만두라고 하신 건가요?"

작은 한숨 소리가 들리고, 처장님이 창가를 향해 일어났다. 마음속으로 해야 할 말을 고르며 처장님의 뒷모습을 바라보는 사이 창밖이 조금씩 어두워지고 있었다.

"너희 팀을 지키기 위한 일이었다."

"남 팀장님 역할이 저희 팀에서 가장 중요한 거 잘 아시잖아요."

"내가 왜 모르겠니. 하지만 누군가 책임질 사람이 필요했어. 남연우 팀장은 그 자리에 책임자로서 앉아 있는 거다."

"그렇다고 사람을 하루아침에 그만두게 만드신 건가요?"

거침없이 대답하던 처장님이 잠시 뜸을 들이고 난 후 입을 열었다.

"남연우 팀장은 다시 돌아올 거다."

나는 더 참을 수 없어 소파에서 일어나 처장님에게 소리쳤다.

"제가 처장님 말을 어떻게 믿어요? 처장님은 예전에도 저한테 거짓말하셨잖아요. 엄마는 불행해서 돌아가신 게 아니라고. 돌아가셨지만 저를 너무나 사랑하신다고."

"희영아……."

"엄마의 유품에서 민호라는 사람이 쓴 편지가 있었어요. 처장님은 제 아빠가 누군지 처음부터 알고 계셨죠? 어린 나이에 절 낳고, 대학 생활도 다 못 끝낸 엄마가 불행해하는 거 처장님은 다 아셨던 거죠?"

"지은이는 널 낳은 게 세상에서 가장 잘한 일이라고 했어."

"처장님께서 행정 고시에 합격하고 행복하게 캠퍼스 생활을 하는 동안, 엄마가 절 낳겠다고 학교도 그만두는 거 불쌍하지 않으셨어요? 처장님이 정말 엄마를 친구로 생각했다면 무슨 일이 있어도 낳지 못하게 하셨어야죠. 설마 고아인데도 고등학교 때부터 공부 잘했던 엄마를 질투하신 거예요? 그래서 일부러 공부도 못 하고, 자기 인생도 온전히 못 살게 아무 남자나 막 붙여서……."

철썩하는 소리가 먼저 들려왔다. 얼굴을 드니 처장님의 눈시울이 붉어져 있었다. 뺨이 아프기 전에 후련한 감각이 먼저 찾아왔다. 처장님이 화를 내지 않았다면 그가 정말 엄마의 인생을 망쳤다고 평생을 오해하며 살아갔을 것이다. 위선이든 아니든 지금 나에겐 처장님의 분노가 필요했다.

"이만 나가봐. 사과할 마음이 생기면 찾아오도록 해."

처장님은 나를 두고 먼저 처장실을 떠났다. 문이 쿵 닫히는 소리가 처장실을 울렸다. 그렇게 또다시 홀로 남았다.

해가 지고 난 후 생명보호처 옥상에서 바라보는 마천루는 한없이 아름답다. 100층이 넘는 초고층 건물과 그에 비해 아담해 보이는 아파트 단지들이 수놓은 스카이라인이 펼쳐졌고, 한강을 연결하는 대교에 박힌 조명들이 반짝이고 있었다. 나는 남산타워 옆에 보이는 밝은 달부터 생명보호처 가까운 곳에 있는 건물까지, 풍경을 훑어보았다. 바로 맞은편 건물을 가득 채운 광고가 유난히 눈에 띄었다. 지친 하루를 마치고 아무도 없는 불 꺼진 집에 돌아온 여성이 소파에 누워 부모님과 영상통화를 하는 장면이었다. 뒤이어 광고의 슬로건이 화면에 떠올랐다. '오늘은 사랑하는 가족을 위해 전화를 걸어보세요.'

"가족 없는 사람 어디 서러워서 살겠나."

내가 뱉은 혼잣말이 날아가 흩어져 버리기 전에 D가 초록빛을 깜박이며 대꾸했다.

〈회영 님이 왜 가족이 없어요. 저 있잖아요.〉

D를 가족이라 생각해 본 적은 없지만 누군가가 나를 가족으로 생각한다는 이야기만으로도 마음속에서부터 안도감이 피어났다. 설사 그것이 사람이 아닐지라도.

D는 말을 이어나갔다.

〈회영 님 아니었으면 전 아직 개발실 창고에서 실패한 재고로 썩어 있었을 거예요. 그런데 회영 님 덕분에 이렇게 세상 구경도 하잖아요.〉

D가 사람이었다면 와락 껴안았을지도 모르겠다. 나는 손목을 들어 D에 새겨진 나의 이니셜을 만져보았다. 막연히 차가

울 것이라고 생각했는데 D는 사람의 온기만큼 따뜻했다. 아마 배터리를 사용하느라 발열된 거겠지. 대수롭지 않게 넘기려 하는데 D가 별안간 슬립 모드로 전환되었다. 뒤이어 누군가가 옥상 문을 여는 인기척이 들렸다.

"이회영 선임님, 아직 퇴근 안 하셨어요?"

검은 비닐봉지를 든 이선이 멀리서부터 아는 체를 하며 다가왔다. 이선이 가까이 다가오자 상쾌한 바다 향기가 났다. 검은 하늘 대신 조용히 밀려드는 밤의 바다가 건물 너머로 보이는 것만 같았다.

"네, 아직……. 책임님도요?"

이선이 어깨를 으쓱하며 비닐봉지에서 무언가를 꺼냈다. 하얀 캔에 노란색 스마일 로고가 그려진 맥주였다.

"쓰고 있는 논문이 있는데 오늘은 잘 안 써지네요. 근데…… 괜찮으세요? 남 팀장님께서 그만두신다는 얘기가 있던데."

"그러게요."

내가 더 말이 없자 그는 재킷 안주머니에서 무언가를 주섬주섬 꺼내 내게 보여주었다. 며칠 전 맡겼던 하드웨어였다.

"하드웨어 배터리 더 큰 걸로 교체했거든요. 그리고 한 가지 더 업데이트한 게 있어요. 잘되면 제일 먼저 말씀드리려고 했는데……."

"무슨 업데이트요?"

"아니에요. TF팀 업무가 중단되어서 어차피 쓸 수 있을지도 모르는데요, 뭐."

이 사람은 알까. 자신이 몰래 설정해 놓은 백도어를 이용해서 내가 어린 시절의 나를 만나고 있다는 사실을. 나 때문에 생긴 정적이 어색했는지, 아니면 의식하지 못하는 사이 우리가 꽤 가깝게 나란히 서 있다는 것을 의식했는지 이선은 한 걸음 뒤로 물러나더니 나에게 고백하기 시작했다.

"실은 저…… 부모님이 안 계세요. 태어난 후로 보육원에서 자라다가 독립했거든요. 저도 부모님 얘기 피하고 사느라 제 얘기를 안 하고 사니까 항상 친해지기 어렵다는 소리 듣고 살았거든요. 선임님이랑 친해지고 싶어서 그런지 이런 얘기까지 하게 되네요."

이런 상황에선 어떤 위로의 말을 건네야 할까. 언제나 가족 이야기가 나오면 가장 먼저 얼어붙고 마는 나인데. 내가 무슨 얘기를 덧붙인다고 이선에게 위로가 될 것 같지 않아 나는 이선의 손에 들려 있는 맥주 캔만 바라보다가 입을 열었다.

"저도 하나 마셔도 돼요?"

예기치 못한 나의 제안에 이선의 눈이 동그랗게 커졌다가 갈매기 날개 같은 반원 모양을 그리고는 봉지에서 맥주를 꺼내 건네주었다. 맥주는 아직 차가웠다. 캔을 따는 소리가 옥상의 열기를 식혀주는 시원한 파도가 되어 부서졌다. 이선이 훌러나오는 거품과 함께 맥주를 한 모금 마신 후 지은 미소에 화답하듯 나 역시 맥주를 마시기 시작했다. 한 모금씩 맥주를 넘길수록 목 아래로 깊은 곳까지 시원함이 전해져 내려갔다. 더운 바람이 귓가를 스쳤다. 지금 너는 행복하냐고 속삭이는 것 같아 대답 대신 눈을 꼭 감아보았다. 순간 내 이마에 따뜻한 온기가 느껴져 눈을 떴다. 이선이 손바닥으로 우산을 만들어 내 머리 위를 가리고 있었다.

"비가 내려요."

이선의 말대로 작은 물방울들이 하늘에서 떨어지고 있었다. 벌들의 날갯짓 같은 소리에 위를 바라보니 하늘에 작은 드론 수백 대가 떠 있었다. 드론에서 떨어지는 빗방울 같은 액체들이 조용히 미세 먼지를 녹인 후 다시 깨끗한 물을 내뿜었다.

늦은 밤, 아무리 뒤척여도 잠이 오지 않아 결국 불을 켜고 거실로 나왔다. 거실은 언제나처럼 모든 게 정돈되어 있다. 인기척을 느꼈는지 충전 중인 D에 노란불이 깜박거렸다.

〈음악 틀어줄까요? 저번에 듣고 잠들었던 쇼팽의 '녹턴'이랑 비슷한 곡으로요.〉

기계에게 잠드는 것까지 관리를 받는다는 것. 부드럽고 친절한 목소리가 진짜 사람의 것이 아니라는 게 나를 문득 미치게 만들었다. 나는 D의 제안을 무시하고, 주방으로 가서 물을 마셨다. 맥주를 마시고 나서인지 유난히 목이 말랐다. 내 속을 전혀 눈치채지 못한 D는 식탁 위에 있는 작은 전자동 서랍을 열어 보이며 말했다.

〈처방받은 약은 꾸준히 먹는 게 좋잖아요. 먹을까 말까 고민할 땐, 먹어야죠. 너무 쓸까 봐 고민되는 거면 제가 디저트 준비…….〉

D가 끊임없이 내게 말을 거는 동안 나는 D를 향해 성큼성큼 걸어가 전원 버튼을 눌렀다. D는 인사할 겨를도 없이 적막 속으로 사라졌다. 나는 처방 약이 비집고 나온 열려 있는 서랍을 그대로 쿵 닫아버렸다.

○●○

남 팀장님이 계셨을 땐 알지 못했다. TF팀은 식사 시간에도 언제든 뒤통수를 맞을 각오가 되어 있어야 한다는 사실을. 징계를 겨우 면하고 팀장까지 그만둔 팀이라면 더욱 그렇다. 남 팀장님의 퇴사 처리 후 한동안 회사 밖에서 끼니를 때우다가 오랜만에 들린 식당에서 희태와 나는 그 사실을 절감할 수 있었다. 1시가 넘어 구내식당에 도착했는데도, 무슨 일인지 삼삼오오 모여 밥을 먹고 있는 사람들이 테이블의 절반 이상을 차지하고 있었다. 유동액이 든 텀블러를 든 채 가장 사람이 없는 구석에 앉으려는데, 멀찍이 떨어진 사람들이 우리를 슥 쳐다보면서 이야기를 나누었다.

"저기야, 저기."

"도대체 무슨 일을 하길래 범죄자가 방화까지 하도록 만드는 거지?"

"모르지, 업무가 기밀 사항이라는데. 책임질 일을 했으니까 팀장이 퇴사까지 했겠지, 뭐."

소문이 빠른 공무원 조직에서 이 정도 얘기가 오갈 것이라곤 예상했다. 오히려 이 정도라 다행이라는 생각으로 안심하며 텀블러 뚜껑을 열고 한 모금 넘기려는 순간 그들의 말이 이어졌다.

"저 둘은 저러고도 밥이 넘어가나? 팀장이 퇴사까지 했는데. 나 같으면 식당에서 밥 못 먹겠다."

"야, 조용히 해. 다 들려."

"뭐 어때. 들으라고 해."

앞에 앉아 있던 희태가 더 이상 못 참겠다는 듯 의자를 박

차고 일어섰다.

"희태 씨, 그냥 밥 먹자."

"선임님, 알지도 못하는 사람들이 멋대로 떠드는데 어떻게 가만히 있어요!"

"그럼 가서 뭐라고 설명할 건데?"

"아무리 그래도 밥 먹는 거 가지고도 뭐라고 하는 걸 그냥 둬요? 이러다 우리까지 그만두라고 할 판인데 아무것도 안 하고 이렇게 그냥 있어요?"

"박희태."

건조하게 희태를 노려보았다. 쉽게 감동하는 만큼 쉽게 흥분하는 희태를 진정시킬 수 있는 마지막 기회였다.

"저 사람을 위해서가 아니라 남 팀장님을 위해서야. 네가 여기서 화내버리면 우리 팀…… 진짜 죄짓는 거야."

우리 욕을 하던 일행은 밥을 다 먹었는지 식판을 챙겨 들고 일어서고 있었다. 그중 얄미운 얘기만 골라 하던 하늘색 피케 셔츠의 남자가 희태와 나보고 들으라는 듯 코웃음을 치며 지나갔다. 희태는 분노를 쏟아내려던 걸 멈추고 조용히 자리에 앉아 우걱우걱 밥을 먹기 시작했다.

식당에서의 작은 소란 이후 사람들과 마주치는 것이 두려워 도망치듯 사무실로 돌아왔다. 텅 빈 남 팀장님의 자리가 꼭 남 팀장님처럼 조용히 자리를 지키고 있었다. 남 팀장님은 정말 쉬고 싶어서 떠난 것이었을까? 내 곁에서 더 이상 일하고 싶지 않아 도망친 것은 아닐까. 그렇다면 떠나야 하는 사람은 남 팀장님이 아닌데. 행복을 만끽하며 살아가야 할 사람이 또다시 나 때문에 떠나간 것 같은 기분을 지우기가 힘들었다.

남 팀장님 자리 뒤에 걸려 있는 모니터가 대기 상태로 꺼져 있었다. 혹시나 하는 마음에 모니터의 전원 버튼을 눌러보았다. 모니터 안엔 텅 빈 지도 외엔 어떤 표시도 보이지 않았다.

"그거 이제 치워야겠어요."

달리기라도 하고 왔는지 벌게진 얼굴로 문을 열고 들어온 희태가 내 모습을 보고 말했다.

"어차피 이제 작동도 안 하는데 보면 마음만 아프잖아요."

"그렇지."

희태에게 들릴 듯 말 듯 답을 하고는 모니터를 끄기 위해 전원 버튼을 누르려고 했다. 그때였다. 모니터 속 지도에 빨간 깃발 하나가 떠올랐다. 누군가가 우리의 도움을 필요로 하고 있다는 신호였다.

"희태 씨, 저거 보여?"

희태가 모니터 쪽으로 다가오며 자세히 보기 위해 미간을 좁혔다가 이상한 듯 눈을 치켜떴다.

"우리 업무 중단돼서 사고 내역 공유도 정지되었다고 했는데……. 제가 IT팀에 연락해 볼게요."

희태가 내선 번호를 누르려는데 내가 희태 손에 들려진 수화기를 빼앗으며 말했다.

"희태 씨, 나가자."

희태가 당황스러운 눈빛으로 모니터와 나를 번갈아 쳐다보았다.

"어디를요? 저기를요?"

"할 수 있는 데까진 해보자. 이렇게 가만히 있으면 우리 정말 아무것도 아닌 사람들인 거잖아."

보관함을 열었지만 하드웨어는 보이지 않았다. 내가 묻기도 전에 희태가 말했다.

"오전에 책임님이 회수해 가시던데요. 그리고 어차피 하드웨어 사용금지니까 가져갈 필요 없잖아요."

희태는 보관함을 닫으며 결심했다는 듯 점퍼를 챙겨 입었다. 남 팀장님이 없는 첫 출동이었다.

자율주행으로 달리는 차 안은 조용했다. 공식적으로 우리 팀은 대기 발령 상태였다. 이 모든 것을 알고도 나와 희태는 사고 현장으로 달려가고 있었다. 운전하는 차가 서울을 벗어나 한적한 국도를 달리던 중 희태가 입을 열었다.

"선임님."

희태의 목소리에 나도 모르게 손에 힘이 들어갔다. 무작정

가자는 나의 말에 따라오긴 했지만, 원칙을 중요시하는 희태가 분명 한마디 하고 지나갈 게 뻔했다.

"앞으로 선임님 존경하려고요. 전 그동안 선임님이 이 일을 어디까지나 순전히 일로만 여기신다고 생각했거든요."

희태의 입에서 나온 칭찬에 나는 부끄러웠다. 내가 출동을 결심한 건 누군가의 생명을 구하겠다는 대단한 선의라기보다 내가 계속 살아가야 할 이유를 찾겠다는 지극히 이기적인 마음에서 비롯된 것이었기 때문이다.

사고 현장은 가파르지 않은 산속이었다. 산 중턱에서 차도가 끊어져 있었기에 차를 세우고 산을 걸어 올라갔다. 사건 현장에는 구급차가 도착해 있었다. 한 생명을 살리기 위해 존재하지도 않는 도로를 가로질러 급박하게 차를 댄 모습에서 대원들이 타인의 생을 얼마나 간절히 바라는지 가늠할 수 있었다.

들것에 옮겨진 구조 대상자의 얼굴은 흰 천으로 덮여 있었다. 나와 희태가 출입 금지 테이프를 넘어 들어가자 감식반 요원들이 인사를 했다. 아직 우리의 업무 정지 상태를 모르는지 몇몇이 찾아놓은 증거 물품들을 보여주었다. 지갑 안에 있는 주민등록증으로 확인하니, 그의 이름은 한수영이었다. 지갑에는 아이의 돌 사진부터 생일마다 함께 찍은 6장의 사진이 가지런히 꽂혀 있었다. 푸른 나뭇가지가 그려진 편지지에 적힌 문장은 3줄이었다.

다원아, 우리 예쁜 다원아.

다원이랑 평생 행복하게 살고 싶었는데…….

엄마가 못 지켜줘서 너무 미안해.

한수영이라는 낯선 여자의 목소리 대신 엄마의 목소리로 읽히는 바람에 나도 모르게 편지를 읽고 또 읽었다. 짧은 편지를 하염없이 바라보는 나의 어깨를 붙잡은 건 희태였다. 희태가 나에게 무어라 말하기도 전에, 내가 희태에게 무슨 말을 해야 할지 결심하기도 전에, 내 안에 있던 말이 먼저 튀쳐나왔다.

"장례식장에 가자."

○●○

장례식장이 있는 병원은 생명보호처 건물에서 멀지 않은 곳에 있었다. 희태와 나는 병원 주차장에 차를 세워놓은 채 그 안에 나란히 앉아 있었다.

"선임님 마음 이해해요. 하드웨어도 못 쓰고 도와주고 싶은데 도와줄 수가 없으니까……. 뭐라도 해야겠다는 마음으로 여기 온 거죠?"

그런 마음이 아예 없는 것은 아니었다. 그러나 그보다 사랑하는 엄마를 잃은 딸이 안타까웠다. 갑자기 들려왔을 소식에 너무 놀라지는 않았을까. 엄마가 돌아가셨다는 사실을 믿을 수 없어 울지도 못하고 있는 건 아닐까. 내 눈으로 아이의 얼굴을 직접 확인하고 싶었다.

병원 모니터에서 한수영이라는 이름을 찾은 후 지하로 향했다. 에스컬레이터를 타고 내려가는 길은 점점 어둡고, 소란스러워졌다. 8호실 앞에 사고 대상자의 이름과 사진이 보였다. 상주는 남자였다. 면도를 못 했는지 초췌한 얼굴에 금방이라도 쓰러질 것 같은 모습이었지만, 옆에 선 아이의 손만은 꼭 쥔 채였다.

아이의 얼굴이 텅 비어 있었다. 그러나 그 얼굴에는 무력감과 허무함이 담겨 있었다. 동그란 이마 아래에 짙고 단정한 일자 눈썹이 움직였다. 왼쪽 눈 아래에는 작은 점이 하나 보였다. 우주같이 검은 눈동자에 마치 빨려 들어갈 듯했다. 저를 가엾게 여기는 나를 꿰뚫어 보는 것 같아 나는 아이의 눈을 피하고 말았다.

"한수영 씨 지인입니다."

상주에게 인사를 하고, 국화꽃을 단에 올려놓았다. 무슨 생각으로 여기에 온 걸까. 그제야 정신이 차려지는 것 같았다. 희태의 손짓에 손님 자리에 앉아 육개장을 받았다. 소란스러운 분위기에 가만히 앉아 있기 머쓱해 숟가락을 들려는데 남

편의 울음소리가 들리기 시작했다. 남자는 머리가 희끗한 여성의 팔을 부여잡고 주저앉아 눈물을 뚝뚝 흘리며 애원했다. 그렇게 빌면 부인이 살아 돌아올 수 있기라도 한 것처럼 그는 간절해 보였다.

"수영이가…… 저한테 티도 한번 안 내고 가버렸어요. 나랑 다원이는 어떡하라고……. 가려면 나도 데리고 가지……. 어떻게 나한테 이럴 수가 있어요!"

무슨 사이인지 알 수 없는 노인이 남자의 어깨를 붙잡고 토닥여 주었다. 사랑했던 사람의 죽음은 상상 이상의 좌절을 남긴다. 예상한 죽음이든, 예상치 못한 것이든 마찬가지다. 한참을 두 사람이 서로의 슬픔을 위로하는 모습을 바라보다 문득 남자의 옆에 있어야 할 아이가 사라졌다는 사실을 깨달았다. 나는 다급하게 일어나 아이를 찾기 시작했다. 화장실에도, 장례식장 복도에도, 손님들이 앉아 있는 자리 어디에도 아이는 보이지 않았다. 경비원에게 아이의 인상착의를 얘기하며 물었더니 좀 전에 밖으로 나가는 걸 보았다고 이야기했다. 아직 멀리 나가지는 못했을 거라는 생각에 서둘러 건물 밖으로 나왔다.

아이를 발견한 곳은 예상치 못한 곳이었다. 가로등이 드물어 밤이 깊지 않았는데도 이미 어둑해진 야외 주차장의 구석에 위치한 자판기 앞. 아이는 자판기에 있는 우유 버튼을 자꾸만 누르고 있었다. 나는 조용히 아이의 뒤로 다가가 카드 인식기에 카드를 갖다 댔다.

딸깍. 종이컵이 떨어지는 소리와 우유가 쪼르르 컵에 담기는 소리가 이어져 들려왔다. 아이가 흠칫 놀라 재빨리 뒤돌아보았다. 나는 인사 대신 투입구에서 우유를 꺼내 아이에게 건넸다. 통성명이 필요 없는 오랜만에 만난 친구처럼 우리는 별다른 인사를 하지 않고 자연스레 자판기 옆 벤치에 나란히 앉았다. 아이는 종이컵을 호호 불고는 조금씩 우유를 마시고 한참을 조용히 앉아 있었다. 적막이 소란만큼이나 익숙해졌을 즈음, 아이가 나를 불렀다.

"이모도 옛날에는 어렸어요?"

이모라는 호칭이 싫지 않았다.

"응, 이모도 옛날에 다원이만큼 작고 어릴 때가 있었지."

"그럼…… 우리 엄마도 옛날에 어렸어요?"

"어? 그렇지. 다원이 어머니도 어렸을 때가 있으셨지."

"엄마도 어렸을 땐 즐겁고 행복했을까요? 어른이 되니까 슬퍼서 떠난 걸까요?"

아이의 궁금해하는 표정에 못내 마음이 아팠다. 엄마를 떠나보내려는 결연한 표정이 어린 얼굴에 고스란히 드러났다. 그곳에 앉아 아이의 이야기를 들었다.

다원이는 여덟 살이었다. 부모님은 몇 년 전 이혼을 하고 다원이는 어머니와 함께 살았다. 아버지는 지방 공사장을 전전하며 하루하루 일하는 처지였고, 어머니는 경력이 단절됐다는 이유로 면접에 번번이 떨어졌다. 결국 어머니가 선택한 것은 식당의 주방 아르바이트였다. 다원이는 어머니가 일을 나가신 동안 집에서 혼자 하염없이 그림을 그렸다. 스케치북이 많지 않아 한 면을 여덟 조각으로 나누어 일주일에 한 장을 썼다고 했다. 삶을 끝내는 사람들의 하루는 대부분 고단하다. 더 이상 내일이 기대되지 않고 아무리 열심히 해도 더 나아질 거라는 희망을 품지 못하는 것. 내가 구조했던 구조 대상자들의 일상과 아이의 일상이 겹쳐 마음이 아렸다.

○●○

사무실에 돌아왔을 땐 이미 퇴근 시간이 지나 있었다. 누군가가 사무실에 왔다 간 건지 모니터가 꺼져 있었다. 나는 희태에게 먼저 들어가라고 손짓했다. 희태는 어두운 얼굴을 한 나를 걱정하다가 여자 친구와 약속이 있다며 서둘러 짐을 챙겨 사라졌다. 유리창 속 해가 지고 있었다. 나는 엄마를 떠올렸다. 다원의 말대로 나도 궁금해졌다. 내가 태어나기 전 엄마의 시절은 어땠을까. 내 어린 시절의 엄마는 행복한 삶을 살았을까? 자신의 선택을 후회하지는 않았을까.

나는 이선이 하드웨어를 가지고 있는지 확인하기 위해 개발실로 향했다. 개발실 출입문에 달린 작은 유리창 너머, 컴퓨터로 무언가 열심히 작성 중인 이선의 얼굴이 보였다. 노크를 하자 이선이 문을 바라보았다가 나인 걸 확인하고는 눈웃음을 지으며 걸어 나왔다.

"선임님, 아직 퇴근 안 하셨어요?"

"네, 책임님도요?"

"아, 아직 하는 게 있어서……. 그리고 선임님 하드웨어 안정화하는데 생각대로 잘 안 되네요."

이제 막 작업을 끝낸 하드웨어가 책상 위에 놓여 있었다. 나는 이선에게 되물었다.

"그거 이제 못 쓰잖아요."

"분명히 금방 다시 하게 될 거예요. 우리 일, 사회에 도움이 되는 일이잖아요."

이선이 저도 모르게 내 두 손을 잡으려다가 허공에서 멈추었다. 내 손과 이선의 손이 각각 허공에 흔들리는데, 이선의 스마트폰으로 전화벨 소리가 울렸다.

"여보세요? 네, 제가 금방 그쪽으로 내려가겠습니다."

이선이 전화를 끊고는 누군가가 자신의 차 옆에 주차하다가 살짝 스친 것 같다며 금방 다녀오겠다고 이야기했다. 그는 자기 차는 별로 좋은 차도 아니라 범퍼가 나가도 상관없다는 농담을 하며 어색하게 밖으로 나섰다.

나는 이선이 작업 중인 컴퓨터에 다가갔다. 지난번에도 본 적 있는 영어 논문이었다. 논문 페이지 가장 위에 "Confidential"이라고 쓰여 있었지만, 하드웨어라는 단어가 눈에 들어오자 읽기를 멈출 수 없었다. 나는 논문을 첫 페이지로 올려 훑어 내려갔다. 하드웨어를 이용한 타임 리프 기간이 20년 전에서 30년 전까지로 연장되었다는 내용이었다. 이선은 우리 몰래 개발 내용을 상부에 보고하고 있었다.

30년 전이라면 내가 태어나기도 전이었다. 시간을 30년 전으로 돌린다면 정부가 원하는 대로 무슨 일이든 바꿀 수 있었다. 하지만 정부에서 무슨 목적으로 그것을 사용하든 나와는 상관없는 일이었다. 그때로 돌아갈 수 있다면 나도 하고 싶은 일이 있었다. 나보다도 어린 스무 살의 엄마를 만나 민호라는 사람을 만나지 못하게 한다면, 엄마는 나 같은 아이를 낳지 않고 멋진 커리어 우먼으로 살아갈 수 있지 않을까. 나는 하드웨어를 집어 들어 착용했다.

〈회영 님, 뭐 하는 거예요?〉

D가 불빛을 깜박이며 나를 멈추려고 했지만, 나는 스마트

폰을 꺼내 애플리케이션을 구동시켰다. 30년 전 어딘가……. 2000.06.02. 임의의 숫자를 입력하자 이번에는 장소가 문제였다. 나는 그렇게 사랑했던 엄마가 어느 동네에 살았는지조차 생각해 내지 못했다. 겨우 엄마가 다녔던 대학교 동네를 기억해 로딩이 끝나기 전 입력했다. 애플리케이션이 버벅거리기 시작했다. 하드웨어를 걸친 귀가 뜨거워졌다. 나는 매뉴얼대로 눈을 감았다. 나를 제외한 모든 세상이 돌아가는 것처럼 어지러웠다.

○●○

잠시 후, 주변의 공기가 바뀌었음을 느꼈다. 눈을 떠보니 가장 먼저 보이는 것은 구름이 잔뜩 낀 하늘이었다.

〈정말 이럴 거예요? 30년 전 GPS 정보는 가지고 있지도 않다고요. 여기 도대체 어디예요?〉

D는 격앙된 목소리로 화를 냈다. 하드웨어에 과부하가 걸려 현재로 돌아가지 못할까 봐 걱정되는 것 같았다. 하지만 상관없었다. 현재가 아니라 30년 전으로 돌아가 살 수 있다면 엄마와 친구가 되어 살아가는 것도 나쁘지 않은 선택이었다.

그러기 위해서는 이곳이 어디인지 알아야 했다. 주위를 둘러보니 이곳은 어느 건물의 옥상인 것처럼 보였다. 그런데 멀리 옥상 끝에 한 남자가 서 있었다. 남자를 유심히 관찰하고 있는데, 그가 난간 위로 올라가더니 건물 아래를 응시하는 듯 허리를 굽혔다. 조금만 더 움직였다간 그대로 아래로 떨어질 것 같아 생각할 겨를도 없이 남자를 향해 달렸다. 그러는 동안 그의 몸이 점점 건물 바깥쪽으로 숙여지고 있었다.

"지금 뭐 하는 거예요!"

소리를 지르자 남자가 내 쪽을 바라보다 몸을 휘청거렸다. 그 순간, 나는 남자의 팔을 낚아채 건물 안쪽으로 당겼다. 남자는 무게중심을 잃고 나와 함께 넘어졌다. 정확히 말하자면 바로 내 몸 위로 떨어졌다. 동시에 넘어지지 않으려던 내가 손을 허우적대다가 난간 대신 페인트 통을 건드리는 바람에 페인트가 공중에서 흩뿌려졌다. 남자는 상체를 겨우 일으키며 말했다.

"하마터면 죽을 뻔했네. 누군데 남 일하는 걸 방해하는 겁니까?"

그동안 구조 활동을 하면서 본 사람들과는 다른 반응에 나는 당황했다.

"그쪽이 방금 옥상 난간에서 떨어지려고……."

"제가요?"

남자는 황당하다는 얼굴로 말을 이어갔다.

"저 오래 살고 싶어서 아침저녁으로 홍삼도 꼬박꼬박 챙겨 먹는 사람이에요. 떨어지려는 게 아니라 건물 뷰가 위에서 아래로 봤을 때 설계대로 나왔는지 확인하는 중이었는데. 근데 그쪽은 괜찮아요?"

남자가 손가락으로 가리키는 곳을 보니 얼마 전, 아니 20년 전에 생겼던 내 무릎의 상처 위에 또다시 피가 흐르고 있었다. 남자는 자신의 옷으로라도 갈아입으라고 권했다. 극구 거절하다가 자리에서 일어났을 때 내 옷에 온통 하얀색 페인트가 쏟아졌다는 사실을 깨달았다.

도저히 엄마를 만나러 갈 수 없는 꼴이었기에 어쩔 수 없이 옷을 부탁했는데, 정신을 차려보니 근처에 있는 남자의 집 안이었다. 남자는 갈아입을 옷을 챙겨주었다. 세면대에서 손을 씻으니 페인트투성이였던 D가 씻겨지며 푸른 조명이 깜박였다.

〈회영 님, 하드웨어도 불안정하니까 배터리 남아 있을 때 빨리 돌아가요.〉

배터리를 확인하려고 스마트폰을 열어보았다. 그런데 원래대로라면 보였어야 할 남은 배터리 잔량이 화면에 뜨지 않았다. 이제 오직 스마트폰과 연결되어 흘러나오는 D의 목소리를 통해서만 남아 있는 배터리를 확인할 수 있었다. 불안한 D는 괜찮냐는 위로도 생략한 채 나를 재촉했지만 나는 엄마를 만나기 전까진 돌아갈 생각이 없었다. 남자가 준 티셔츠와 바지가 조금씩 컸지만 못 입을 정도는 아니었다. 무릎에서 피는 다행히 멈춘 것 같았다.

"옷이 좀 크죠? 제가 어릴 때 입던 옷이라……."

"괜찮아요. 근데 제가 급하게 가볼 데가 있어서 이만 가야 할 것 같아요."

"데려다줄게요. 제 차로 가요."

"아니에요, 더 이상 폐 끼치기 싫습니다. 이 은혜는…… 언젠가는 꼭 갚을게요. 감사합니다."

남자에게 인사를 꾸벅하고 밖으로 나왔다. 다행히 이 건물과 엄마의 캠퍼스는 걸어서 20분 정도 걸리는 거리였다. 멀리서 대학교 정문이 보이자 가슴이 뛰기 시작했다. 엄마는 대학 시절 얘기를 많이 해주지 않았다. 오히려 그 시절 얘기를 해준 사람은 처장님이었다. 처장님은 스무 살의 엄마가 얼마나 빛나는 사람이었는지 귓가에 울릴 만큼 반복해 얘기하곤 했다.

〈여기서 엄마를 어떻게 찾으려고요?〉

"예전에 엄마가 학교 다닐 때 남몰래 쉬는 곳이 있었다고 했어."

처장님의 말대로라면 엄마에겐 공강마다 찾아가는 장소가 하나 있었다. 학교에 도착하여 길이 아닌 것 같은 수풀 속을 헤치고 언덕을 오르니 그곳에 벤치 하나가 숨겨진 듯 놓여 있었다. 그리고 벤치에는 나보다 앳된 엄마, 아니 스무 살의 지은이 앉아 있었다. 물결무늬 카라가 달린 하얀색 블라우스에 청바지를 입은 지은은 주름은커녕 여드름 하나 없는 말간 얼굴을 하고 있었다. 지은은 누가 오는 것도 눈치채지 못했는지 햇볕을 쬐며 소설책을 읽고 있었다. 넋을 잃은 채 한 걸음씩 다가가던 나는 지은이 나를 발견하고 깜짝 놀라는 모습에 걸음을 멈추었다.

"누구세요?"

"저요? 저……. 그러니까……."

대학교 신입생이라면 얼굴을 모르는 누군가를 어디에서 만날 수 있을까. 나도 모르게 정신과에서처럼 거짓말이 튀어나왔다.

"우리 같은 동아리잖아."

"아! 혹시 D.Y.D 선배님?"

엄마는 무언가 떠오른 듯 눈을 번뜩이며 되물었다. D.Y.D가 무슨 뜻인지도 모른 채 얼결에 그렇다고 답하자 나의 어린 엄마는 그제야 미소를 지으며 일어섰다.

"죄송해요, 선배님. 제가 사람 얼굴을 잘 기억을 못 해서……."

"괜찮아, 근데 너 정말 소녀 같다."

내 말의 의미를 알아채지 못한 지은은 얼굴을 붉히며 읽던 책을 내려놓았다.

"제가 너무 문학소녀인 척했죠. 여기 앉으세요."

읽던 책이 어떤 내용인지 묻자, 지은은 가족 이야기라고 답했다.

"저 이런 얘기 좋아하거든요. 따뜻한 가족들이 서로 부대끼며 사는 얘기. 울고불고 매일같이 싸우고……. 그래도 결국은 화해하고 제자리로 돌아가는 이야기요."

자신의 딸에겐 한 번도 해주지 않았던 얘기를 지은은 처음 본 동아리 선배에게 가볍게 터놓았다. 사랑해서 사실을 말하지 않고, 사랑하지 않아서 솔직하게 말하는 건 아니다. 엄마는 자신이 책임져야 하는 누군가에게 그 책임의 무게를 떠벌리는 게 혹여 상처가 될까 봐 애써 감춰왔다는 걸 나는 안다. 그런데도 어린 지은의 얘기를 들으면서 슬픔이 가슴에 사무치는 건 어쩔 도리가 없었다.

지은이 신나게 얘기를 하다가 문득 커피를 사 오겠다며, 말리기도 전에 토끼처럼 달려가더니 이내 수풀 사이로 사라졌다. 스무 살의 엄마는 세상을 겪기 전의 순수한 모습이 남아 있는 것 같았다. 그것은 삶의 행복 혹은 불행과는 차원이 다른 것이었다. 순수한 세계에서 살아가는 스무 살 엄마의 모습에 나는 어쩐지 안심이 되었다. 엄마가 지금 모습 그대로 할머니가 될 때까지 늙어가면 어땠을까. 자꾸만 그런 물음들이 내 안에서 넘쳐 흘러나오고 있었다. D의 화면이 깜박거리며 붉은 경고등이 깜박이기 시작했다.

〈회영 님, 돌아가야 해요. 배터리가 급격하게 떨어지고 있어요. 빨리요!〉

“하지만 엄마가…….”

〈배터리를 충전하고 다시 돌아와도 늦지 않아요. 어머니는 항상 여기 계시잖아요.〉

수풀을 헤치고 누군가가 걸어오는 소리가 들렸다. 나는 어떻게 해야 할지 혼란스러웠다. 고민 끝에 나는 짐을 챙겨 인적이 없는 곳으로 달리기 시작했다. 이곳에 있는 엄마를 내 손으로 직접 지키겠다는 다짐과 함께 하드웨어를 쓰고는 재빨리 애플리케이션을 작동시켰다.

○●○

눈을 떴다. 개발실에는 이선의 모습이 보이지 않았다. 무슨 일인지 시간이 30분쯤 흘러 있었다. 원래라면 하드웨어를 사용한 직후로 돌아왔어야 한다. 이선과 지금 마주쳤다간 완전히 충전되어 있던 하드웨어의 배터리가 왜 방전 직전 수준으로 소모되었는지 설명해야 할 게 뻔했다. 나는 아무 일도 일어나지 않은 척 하드웨어를 원래 자리에 두고 개발실을 나왔다. D는 집으로 가는 내내 침묵을 지켰다. 아마 내가 또다시 그곳으로 돌아갈까 봐 걱정하는 중일 것이다. 그곳에서 어린 엄마의 모습을 확인한 이상, 더 이상 D에게 내 삶을 온전히 내맡길 순 없었다.

다음 날, 나는 출근하자마자 희태에게 이선을 보았는지 물어보았다. 희태는 의아한 얼굴로 대답했다.

"개발실에 계시겠죠, 출근하셨으면. 근데…… 두 분 친하세요?"

나의 어설픈 변명이 그를 더 큰 호기심 속으로 밀어 넣을까 봐 나는 그냥 고개를 끄덕이고는 얼른 사무실을 빠져나왔다.

개발실 앞에 도착했지만, 문은 굳게 잠겨 있었다. 작은 유리창으로 사무실 안을 둘러보니 실내등은 물론이고, 이선 자리에 스탠드와 모니터까지 켜져 있었다. 이선이 회사 어딘가에 있을 거라는 생각이 들자마자 떠오른 곳이 있었다.

나는 개발실을 나와 수십 개의 계단을 걸어 오르기 시작했다. 닫혀 있는 문의 손잡이를 잡고 문을 열자 끼익 하는 소음과 함께 파란 하늘이 펼쳐졌다. 이선이 옥상 끝에서 하늘과 맞닿은 채 아침 풍경을 바라보며 서 있었다. 나는 힘들 때면 옥상을 찾는 사람이 나 말고 또 있다는 생각에 나도 모르게 안도하며, 한 걸음씩 다가가 이선을 불렀다.

"책임님."

저 앞에 펼쳐진 한강을 바라보던 이선이 내 목소리를 듣고 움찔하고는 마치 내가 자신을 향해 총이라도 겨눈 것처럼 꼼짝도 하지 않았다. 어젯밤 하드웨어를 몰래 이용한 걸 알아버린 건가. 한 걸음씩 다가가며 걱정을 하던 차에 그의 손에 어색하게 들려 있는 텀블러가 눈에 띄었다.

"뭐 드세요? 커피?"

이선이 놀랐는지 텀블러를 놓쳐버렸다. 텀블러는 그대로 바닥을 구르기 시작했다. 그리고 텀블러에서 흘러나온 건 보기만 해도 시원한 거품을 머금은 맥주였다. 데굴데굴 구르던 텀블러가 멈춘 곳에 비닐봉지에 담겨 있는 빈 맥주 캔들이 보였다. 이선은 그제야 나를 향해 뒤돌아 어색한 웃음을 지으며 변명했다.

"죄송해요, 요새 부서 업무도 중지되고, 일도 잘 안 되다 보니까 그만……."

바닥에서 텀블러를 주워 그에 손에 쥐여주자, 이선이 텀블러는 뒤로 숨기며 내게 부탁했다.

"선임님, 제발 다른 사람한테 비밀로 해주시면 안 될까요?"

내게는 다행이었다. 나는 의미심장하게 대답했다.

"그 대신 저도 부탁이 있어요."

이선이 내 부탁이 뭔지 듣기도 전에 얼굴을 열렬히 위아래로 움직였다. 나는 단도직입적으로 이야기했다.

"제 하드웨어 배터리 용량, 최대한으로 늘려주실 수 있나요?"

이선은 갑작스러운 내 요청에 당황하는 것처럼 보였다.

"지금 용량이 안정화 상태에서 최대치로 늘려놓은 거예요. 더 늘렸다가는 기계가 지금보다 더 불안정해질 수 있는데……."

일반적인 부탁으로는 이선이 내 부탁을 들어줄 것 같지 않았다. 나는 그의 말이 채 끝나기도 전에 옥상 문을 걸어 잠갔다. 그리고 옥상 구석에 있는 작은 벤치에 이선을 끌고 가 앉혔다. 엄마의 행복을 위해선 무엇보다 이선을 설득하는 게 중요했다. 그러기 위해 무슨 일이든 할 준비가 되어 있었다. 누구에게도 말하지 않은 사실을 고백하는 일조차도. 예전 일을 기억하는 것은 누군가가 마음대로 내 심장을 주무르는 것처럼 고통스러웠지만, 저지른 죄를 고백하는 죄인처럼 모든 걸 털어놓는 것 외에 다른 방법은 존재하지 않았다.

"유서 없이 가족이 사망하면…… 어떻게 되는지 아세요? 경찰서에서 조사를 받게 돼요. 유서가 없으면 자살 외 살인 사건은 아닌지 조사를 하는데, 그때 참고인 또는 피의자로 경찰서에 불려가거든요. 한 번도 아니고 몇 번씩. 불행 중 다행인지 저는 참고인으로 분류됐어요. 그땐 필요한 절차인 줄 알면서도, 세상이 저한테 그러는 것 같았어요. 엄마를 죽인 사람은 너야. 네가 엄마를 죽였어. 그때 처장님께서 절 돌봐주시지 않았다면…… 전 지금 세상에 없었을 거예요."

파란 하늘 아래 시원한 맥주를 두고 이야기하기에는 참혹한 내용이었다. 이선도 맨정신에 듣기 힘들었는지 자기도 모르게 두 손으로 바지를 꽉 쥐었다.

"죄송하지만 우연히 책임 님이 쓰시는 대외비 논문을 읽었어요. 타임 리프 기간이 30년 전까지 연장됐다고……. 그래서 실은 어제 30년 전 엄마를 만나러 갔어요."

그는 한참 동안 아무 말 없이 나를 바라보지도 않고, 가만히 정면만을 응시하고 있었다. 역시 안 되는 일이었을까, 그다음에 나는 무슨 노력을 해야 되는 것일까 고민하는데, 이선이 비닐봉지에 남아 있던 맥주 한 캔을 따서 한 번에 마시고는 나를 바라보며 물었다.

"시간 여행을 하면 기분이 어때요?"

이선의 표정은 마치 오늘 날씨가 맑은지 묻는 사람처럼 순수한 얼굴이었다. 내가 쉽게 대답하지 못하자 이선은 말을 이어갔다.

"전 하드웨어를 고치기나 하지 써보진 못해서 가끔 상상만 하거든요. 꼭 꿈꾸는 것 같은 기분이 들 것 같다고 생각했어요. 정말 그래요?"

"왜 직접 안 가보는 거예요?"

"저한텐 그런 권한이 없기도 하고……. 몰래 하려면 할 수 있겠지만……. 근데 전 가더라도 재미없을 거예요."

처음으로 보는 이선의 씁쓸한 웃음이었다.

"부모님 이름도, 얼굴도 모르니까……. 30년이 아니라 더 먼 과거로 돌아간다고 해도 제가 누굴 만나러 가겠어요."

이선은 조용히 벤치에서 일어나 출입문을 향해 걷기 시작했다. 잠가두었던 문을 열고 나서야 그는 나를 돌아보며 손짓했다.

"안 따라올 거예요?"

나는 이선을 따라 개발실로 들어갔다. 이선은 개발실 안쪽 문을 잠그고 배터리를 교체하기 시작했다. 나는 맞은편에 앉아 몰두한 이선의 손과 눈빛을 보았다. 이선이 다른 팀원들보다 편하게 느껴지는 것은 적당한 거리감을 먼저 유지해 주기 때문이다. 옥상에서 나에게 궁금한 것들을 더 물어보거나, 희태나 D처럼 걱정 어린 훈계를 꺼냈다면 나는 더 이상 이선 앞에서 솔직해지기를 포기했을 것이다. 언어가 없는 이곳에서 이선의 손이 만들어내는 소음이 나를 안심시켜 주었다. 저 하얗고 기다란 손가락이 나와 엄마를 다시 만나게 해줄 것이다.

한낮이 다 되어서야 희태에게 연락이 왔고, 나는 퇴근 전에 사무실에 돌아가기 힘들 거라고 답장을 했다. 예상한 대로 이선의 작업은 퇴근 시간이 훨씬 지나서야 끝이 났다. 그동안 이선과 나는 커피 한 잔을 제외하고는 아무것도 먹지 않았다. 마침내 작업이 끝난 듯 이선이 하드웨어를 내밀며 말했다.

"방전된 상태라서 사용은 내일부터 가능할 거예요. 불안정해졌을 수 있으니까 처음에는 너무 오래 머물러 있지 마세요. 이번 배터리는 무게가 더 나가서, 전보다 떨어트리기 쉬우니 조심하시고요."

이선에게서 하드웨어를 받아 들었다. 전보다 무거워졌다는 얘기에 긴장했지만, 나와 과거를 연결해 준다고 생각하니 한없이 가벼운 무게일 뿐이었다. 나는 개발실에서 충전해 주겠다는 배려를 만류하고 사무실로 돌아와 하드웨어를 캐비닛

속 충전기에 연결했다. 충전기 화면에 배터리 충전 표시와 완전 충전까지 남은 시간이 계산되었다. 완전 충전 예상 시각은 내일 오전 11시였다.

오늘도 악몽은 집요하게 나를 찾아와 밤의 문을 두드렸다. 익숙한 듯 잠에서 깨어 욕실에 들어와서야 매일 아침 들었던 D의 목소리가 들리지 않는다는 사실을 깨달았다. D는 내 손목 위에 조용히 잠들어 있었다. 시간 여행 후에 충전을 하지 못해 방전된 것 같았다. 사무실에 가져가야 하나 고민하다 D가 시간 여행을 막을까 봐 걱정돼 고이 탁상 위 충전기에 올려두고 집을 나섰다. 출근 시간보다 일찍 나왔는데도 먼저 온 희태가 내 텀블러를 씻어 자리에 올려둔 것이 보였다.

"뭐 이런 것까지 했어. 내 건 안 해줘도 되는데."

"어제 선임님 컨디션이 별로 안 좋으신 것 같아서요. 근데 어제 무슨 일 있으셨어요?"

시간 여행의 여파가 낯빛까지 바꾸어놓은 걸까 조바심이 난 나는 주춤거리며 자리에 앉았다.

"아무 일도 없는데 왜?"

"어제랑 똑같은 옷을 입고 오셨길래……."

늘 D가 골라주는 옷을 입고 나왔으므로 나는 무슨 옷을 입을지 고민하는 것을 잊고 살았다. 나는 피곤해서 어제 입었던 옷을 그대로 입고 왔을 뿐이라고 얘기하고는 보고서를 작성하는 척했다. 하지만 일이 없으니 보고서를 작성할 일도 없었다. 나는 희태가 사무실을 비우기만을 기다렸다. 평소라면 이리저리 사무실 바깥을 분주하게 돌아다녔을 희태가 오늘따라 좀처럼 자리에서 일어나질 않았다. 한 시간쯤 시간이 흐른 뒤, 나는 은근슬쩍 희태의 자리로 가 무엇을 하고 있는지 물었다. 희태는 무언가를 작성하느라 한껏 집중 중이었다.

"하드웨어 사용 매뉴얼 적고 있었어요. 저희 둘은 필요 없지만, 나중에 새로 직원이 오면 알려줘야 하잖아요."

"우리 업무 중단된 상태잖아."

나의 건조한 대꾸에, 희태는 나를 다독이듯 말했다.

"영원히 중단시킬 수는 없어요. 지금까지 많은 사람을 살려왔잖아요."

희태가 사명감과 함께 우리 팀에 대한 의지를 내비치니 내 자신이 부끄러웠다. 내 머릿속에는 엄마를 지키지 못했다는 죄책감과 그럼에도 어떻게 해서든지 다시 엄마와 함께하고 싶다는 사사로운 마음이 가득 차 있었다. 더욱 부끄러운 것은 희태의 그런 노력을 본 후에도 엄마를 만나러 가겠다는 마음이 굽혀지지 않는다는 것이다.

점심시간이 되자 희태는 약속이 있다며 짐을 챙기기 시작했다. 겨우 사무실에 혼자가 되자, 나는 심호흡을 하고 천천히 캐비닛으로 걸어갔다. 문을 열어보니 완전히 충전된 하드웨어가 눈에 들어왔다. 이제는 엄마의 집도, 학교도 모두 알고 있으니까 내가 원한다면 청춘의 엄마를 만날 수 있는 것이다. 나는 하드웨어를 쓴 채 눈을 감았다. 이제는 어지러움을 느끼는 순간만을 기다리고 있었다.

"선배님! 저 여기 있는 거 어떻게 아셨어요?"

"네가 저번에 말해줬잖아. 아르바이트한다고."

대화하면서도 엄마와 서로의 눈을 바라보며 말을 하고 있다는 사실이 믿기지 않아 목소리가 떨려왔다. 내 대답에 활짝 웃으면서 조금만 기다려달라고 말하는 엄마, 아니 지은의 싱

그러움이 나를 감쌌다.

아르바이트가 끝나자마자 나는 지은의 손을 잡고 백화점으로 향했다. 지은은 고개를 갸웃하며 무슨 일 때문에 왔는지 물었다.

“너한테 도움받은 게 있어서 옷 한 벌 사줄까 하고…….”

“도움이요? 무슨 도움이요?”

지은은 마치 억울한 일이라도 당한 사람처럼 눈을 부릅뜨며 나를 쳐다보았다. 아무리 좋은 일일지언정 그것이 무엇인지 먼저 알아야만 마음을 놓는 그 성격. 엄마는 하나도 변하지 않았다. 누군가에게 선물을 받는 게 낯선 엄마는 처음엔 백화점에서 나가자며 내 손을 끌었지만, 내 고집에 밀려 하는 수 없다는 듯 둘러보기 시작했다. 하지만 어느새 지은은 매장에 걸린 하늘하늘한 원피스들에 완전히 매혹당해 버린 것 같았다. 수십 벌의 옷 사이에서 신중하게 노란색 원피스 한 벌을 골랐다. 탈의실에서 옷을 갈아입어 보라고 권해도 부끄러워하며 사이즈가 맞을 것 같다는 말만 되뇌었다. 대신 지은은 다음번에 꼭 원피스를 입은 모습을 보여주겠다고 내게 약속했다. 나도 노란 원피스를 입은 엄마의 모습이 꼭 보고 싶었다.

늦은 점심을 먹으면서 나는 엄마에게 한 번도 들어본 적 없는, 내가 태어나기 전 엄마가 살아온 얘기를 생생하게 들을 수 있었다. 고아로 산다는 것은 쉽지 않은 일이었기에 입학금이

모자라 하마터면 대학교를 등록하지 못할 뻔했지만, 지은은 자신의 제일 친한 친구와 둘이 열심히 아르바이트를 해서 입학금을 모았다며 그때가 떠오르는 듯 안도의 한숨을 내쉬었다. 요새는 친구가 행정 고시를 준비하느라 바빠서 잘 못 만난다는 얘기도 덧붙였다.

처장님을 말하는 것이리라 짐작하던 와중에 하드웨어를 넣어둔 셔츠 안쪽에서 경고음이 들렸다. 새로운 배터리로 교체하는 과정에서 무언가 잘못된 게 틀림없었다. D가 있었다면 왜 이런 표시가 뜨는지 알려주었을 텐데. 허전한 손목을 깨달은 나는 당황하기 시작했다. 나는 신이 나서 한참 얘기 중인 지은을 두고 자리에서 일어나며 말했다.

"지은아, 나 지금 좀 가봐야 할 것 같아. 급한 일이 있어서……."

지은에게 천천히 먹고 나오라고 신신당부하고 자리를 떴다. 나는 백화점 화장실로 달려 들어가 문을 잠갔다. 하드웨어를 쓴 채 스마트폰으로 애플리케이션을 켜보려고 했지만 로딩 시간은 유난히 길었다. 결국 스마트폰이 다운되어 버렸다. 몇 번이나 스마트폰을 껐다가 켜고 난 후에 정상 작동되어 다른 걸 확인할 여유도 없이 바로 시간 이동 버튼을 눌렀다.

○●○

급격한 어지러움과 함께 사무실로 돌아온 순간, 나는 희태와 눈이 마주쳤다. 희태는 내 얼굴에 씌워져 있는 하드웨어를 보고 표정이 굳어버렸다.

"그거 지금 사용금지잖아요."

"책임님이 수리할 게 있다고 가져와 보라고 하셔서."

나도 모르게 거짓말이 튀어나왔다. 하지만 지금 당장 이선에게 가야 하는 건 사실이었다. 개발실에 가야 훨씬 빠른 속도로 충전이 가능했으니까. 자리를 뜨려고 했는데 희태는 의문이 해소되지 않았는지 내 앞을 가로막았다.

"지금 가져오라고 하셨다고요?"

"응."

희태는 믿을 수 없는 모양이었지만 나는 굽히지 않았다. 어제 교체한 배터리 때문에 내 하드웨어가 희태의 것보다 조금 더 두꺼워진 것을 알아봤을까? 큰 차이는 아니었지만, 눈썰미가 있다면 분명 알아볼 수 있을 만큼 달라져 있었다. 나는 얼른 희태의 옆을 지나쳐 다녀오겠다고 말하고는 문을 열고 도망치듯 사무실을 빠져나왔다.

"여기에선 하드웨어 충전 얼마나 빨리할 수 있어요?"

예기치 못한 손님에 이선이 놀란 듯 바라보다가, 무슨 일인지 파악했다는 듯 심각한 눈빛으로 말했다.

"선임님, 그렇게 연속으로 하드웨어 사용하다간 무슨 일이 일어날지 몰라요. 지금 너무 무리하고 있는 거예요."

다가온 이선이 다친 곳은 없는지 나를 살펴보더니 말을 이어갔다.

"약은 먹고 있어요? 매일 한 알씩 먹어야 한다고 안내된 약이 있던데."

생각해 보니 하드웨어 사용금지 후엔 약을 먹는 것조차 잊고 있었다. 사무실에 있는 약을 희태 몰래 먹어야겠다고 생각한 순간, 심한 어지러움을 느껴 그대로 자리에 주저앉았다. 이선은 넘어지려는 나를 부축하며 의자에 앉혀주다가, 눈을 커다랗게 뜨고는 티슈를 몇 장을 뽑아 내 코에 갖다 댔다. 무슨 일인지 몰라 그의 손에 들려 있던 티슈를 받아 드니 금세 빨간 피로 물들어 있었다. 나는 이선이 걱정된답시고 하드웨어를 가져갈까 두려워 급히 변명을 늘어놓기 시작했다.

"책임님, 저 진짜 괜찮아요."

"진정하세요. 어차피 여기에서도 충전하려면 8시간 이상 걸려요. 그러니까 약도 먹고, 좀 쉬고 그런 다음 가요. 네?"

나는 이선에게 알겠다고 대답한 뒤 하드웨어를 충전기에 올려놓았다.

한참을 그 자리에 앉아 얌전한 척 휴지로 흐르는 코피를 막고 있다가, 이선이 잠시 자리를 비운 사이 일어섰다. 이번에 하드웨어를 사용하면서 깨달은 게 한 가지 있었다. 시간 여행에는 반드시 D가 필요했다. 배터리 잔량 확인을 위해서도, 혹시나 내가 사라진 후 어디엔가 내가 있었다는 증거를 남기기 위해서도. 사무실에 돌아가 희태에게 몸이 안 좋아 조퇴를 하겠다고 알리고는 급하게 집으로 향했다. 집에 도착하니 완전히 충전된 D가 열심히 로봇 청소기를 움직이며 청소하다가 내게 말을 걸어왔다.

〈회영 님, 회사 다녀온 거예요? 아무리 제가 충전이 안 되어 있어도, 혼자 출근하면 어떡해요. 걱정했잖아요.〉

나는 대답 대신 급하게 손목에 D를 채운 채 다시 주차장으로 나왔다. 무언가 이상한 낌새를 눈치챈 D가 차 안에서 불안한 듯 질문을 쏟아냈다.

〈아직 근무시간이잖아요. 집에는 왜 온 거예요? 다시 사무실에는 왜 가는……. 회영 님! 코피 나잖아요.〉

나는 손등으로 코피를 닦아내며 대답했다.

"괜찮아, 별거 아냐. 너랑 같이 갈 데가 있어서 그래."

그때, 이선으로부터 메시지가 왔다.

[하드웨어 충전해서 사무실 캐비닛에 넣어놨어요. 개발실까지 찾으러 올 필요 없어요.]

개발실에서 충전이 한참 걸릴 거라는 건 나를 걱정한 이선의 거짓말이었다. 더 빨리 도착하고 싶은 마음에 자율주행 모드를 해제하려는데 메시지 알림음이 한 번 더 들렸다.

[돌아갈 거란 걸 아니까 가지 말라고 안 할게요. 대신, 캐비닛에 약은 꼭 먹고 가요.]

사무실에 도착하니 희태의 모습이 보이지 않았다. 희태가 오기 전에 빨리 하드웨어를 사용해야 한다는 생각에 마음이 급해졌다. 캐비닛을 열어보니 약이 담긴 통 옆에 하드웨어가 놓여 있었다. 얼른 하드웨어를 쓴 후 손바닥 위에 약통을 쏟았다. 알약 5개가 손 위에 올라와 있었다. 규정대로라면 하루 1알이었지만, 과거에서 머물 수 있는 시간을 최대한 늘리기 위해 손에 담긴 알약을 모두 털어 넣었다.

물도 없이 알약을 먹느라 캑캑거리며 스마트폰으로 애플리케이션을 조작하고 있는데, 문 바깥에서 인기척이 들렸다. 희태가 들어올까 봐 설정이 다 끝나지도 않은 상태에서 나는 무턱대고 작동 버튼을 눌러버렸다. 제발 내가 원하는 시간으로 돌아가기를……. 눈을 감은 채 기도했다.

○●○

눈을 뜨니 처음 도착했던 건물 옥상이었다. 어스름한 새벽빛이 세상을 감싸고 있었다. 무언가가 잘못되었는지 D와 하드웨어 모두 경고등을 깜박이고 있었다. 몇 번을 반복해서 깜박이던 기기들은 어느 순간 에너지가 바닥난 건지, 에러가 발생했는지 이내 화면이 모두 꺼지고 말았다. 나는 우선 옥상에서 내려가야겠다는 생각에 입구로 향했다. 문이 잠겨 있었는지 몇 번을 돌려보아도 철컥 소리만 들릴 뿐이었다. 옥상에서 나갈 수 있는 다른 통로를 찾아보았지만 허사였다.

나는 옥상 난간을 바라보았다. 하늘을 바라볼 때는 몰랐는데, 난간에 서서 아래를 바라보니 몇 층인지도 가늠할 수 없을 만큼 높이가 높았다. 누군가가 이곳으로 올 때까지 기다려야 하나 걱정이 되기 시작했다. 하지만 누가 언제 이곳으로 온다는 보장도 없는데……. 난간에 기대 어떻게 해야 하나 고민을 시작했다. 담배가 절실했지만, 주머니엔 아무것도 만져지지 않았다.

"거기 누구야?"

순간 옥상 입구에서 나를 향해 묻는 소리가 들렸다. 살았다

싶어 입구를 바라보니 전에 만났던 그 남자였다. 남자 역시 멀리서 나를 알아보고 다가오며 말을 이어갔다.

"이 새벽에 여긴 또 웬일이에요? 아니 그보다, 여긴 어떻게 올라왔어요?"

"지금 몇 시인데요? 그리고…… 오늘이 며칠이에요?"

위치뿐만이 아니라 시간조차 제대로 설정하지 못했다. 남자는 시간을 말해주는 대신 핸드폰 액정 화면을 보여주었다. 2000년 6월 20일 새벽 5시 10분. 남자는 내가 어떻게 옥상에 올라왔는지에 대한 궁금증은 잊은 듯 조심스러운 목소리로 말했다.

"저번에 한 말 기억나요? 은혜 갚을 기회가 되면 꼭 갚겠다고. 그 은혜 오늘 안 갚을래요?"

엄마를 만나러 가기엔 너무 이른 시각인 데다가, 뱉었던 약속을 거절할 핑계가 생각나지 않았다. 머뭇거리던 나는 결국 고개를 끄덕였다. 그리고 이번에도 어느새 그와 함께 낯선 건물 앞에 도착해 있었다. 24시간 순댓국. 이른 시간에도 가게 안을 꽉 채운 사람들의 모습이 낯설고 신선했다. 남자는 나와 가게 안으로 들어가는 동시에 사장님을 향해 순댓국 2개를 주문했다. 메뉴판이 보이지 않는 걸 보니 메뉴는 오직 하나뿐인 것 같았다.

남자가 물수건으로 손을 닦으며 말했다.

"여긴 항상 사람이 많아서 혼자 오기 애매하더라고요."

앉자마자 사장님은 우리 앞에 순댓국을 내놓았다. 남자는 신이 난 얼굴로 수저통에서 수저를 꺼내주다가 문득 나에게 물었다.

"근데 어디에서 온 거예요?"

"네?"

질문의 뜻을 파악하지 못해 나는 순댓국의 국물을 떠먹으려다가 남자의 얼굴을 가만히 쳐다보았다.

"시간 못 맞춰서 새벽에 도착한 걸 보니까 궁금해져서요."

그럴 리는 없지만 혹시 하드웨어에 대해 알고 있을까 싶어서 쉽사리 대답할 수 없었다. 남자는 물을 따라주며 질문을 계속했다.

"이 근처 사시는 분 아니죠? 심야 고속버스 같은 거 타고 온 거 아니에요?"

그제야 마음이 놓인 나는 배가 고프다는 사실을 깨닫고 숟가락을 들어 순댓국을 먹어보았다. 순댓국은 생각보다 훨씬 따뜻하고 맛있었다. 한 입 먹고 나니 마음까지 풀어졌는지 나도 모르게 고백해 버렸다.

"멀리서 왔어요. 아주 멀리서."

남자는 하얀 쌀밥을 순댓국에 말며 대화를 이어나갔다.

"열정이 대단하시네요. 무슨 일 때문인지는 몰라도 그 꿈 꼭

이루실 겁니다."

나를 난처하게 만들지 않으려고 몇 단계나 앞서나간 말을 건네는 것 같았다. 기분이 나쁘지는 않았지만, 선문답 속에서 둥둥 떠 있는 기분이 들었다.

"꿈이요?"

"네, 꿈 때문에 서울 오신 거 아니에요? 저도 처음 건축 시작했을 때 우리나라에서 제일 큰 건축사무소 들어가고 싶어서 새벽마다 전주에서 서울까지 버스 타고 학원 다니고 그랬거든요."

남자는 깍두기를 집어 입에 넣고 음미하듯 꼭꼭 씹은 후 웃으며 말을 이어나갔다.

"근데 원하던 건축사무소는 아니고, 그냥 작은 사무소에 있어요. 그래도 여기서 배운 점도 많아요. 하는 일도 많고. 근데 그쪽은 꿈이 뭐예요?"

"엄마가 행복해지는 거요."

이선에 이어서 낯선 남자에게까지 말하다니. 내가 이렇게 입이 가벼운 사람이었나 스스로도 놀라웠다. 하지만 이 사람은 나와 같은 곳에 없는 사람이라고 생각하니 이선만큼이나 마음속 이야기를 꺼내기가 쉬웠다. 정신과 선생님도 딱 한 번 보고 스쳐 지나갈 사람이었다면 내가 꾸는 악몽도, 마음속 깊은 얘기도 모두 꺼내어 놓을 수 있었을지도 모른다.

"그건 너무 쉬운데? 딸이 잘해주면 되는 거잖아요."

남자의 단순한 대답이 내 심장을 찔렀다. 그의 지레짐작이 이번엔 통하지 않았다.

"그러게요."

내가 짧게 대답한 후 조용히 밥을 먹기 시작하자, 남자는 자기가 무슨 잘못이라도 한 듯 눈썹이 처진 채 내 표정을 살폈다. 그도 나도 순댓국을 절반이나 남기고 우리는 가게 앞에서 그대로 헤어졌다.

아직도 엄마를 만나기까지 여유가 있었다. 한적한 인도 위에 사람이 없어 D의 상태를 확인하기 시작했다. 경고등과 화면이 모두 꺼져 있었다. 나는 D를 천천히 쓰다듬고는 그 위에 새겨진 내 이니셜을 만져보았다. D는 꿈속 무의식에서까지 날 지켜주지는 못했지만, 3년이라는 기간 동안 문득문득 엄마의 부재를 잊게 해주었을 것이다. 무슨 일이 생기면 D가 나를 지켜줄 거야. 결코 이렇게 끝나진 않을 거라는 작은 믿음이 내 안에 자리 잡고 있었다.

나는 지은을 처음 만났던 캠퍼스의 벤치에 자리를 잡고 앉았다. 그제야 내가 과거에 갇혀 있다는 사실이 실감 났다. 엄마와 이곳에서 살게 된다면, 나는 이곳에서 30년 더 빨리 늙는 것일까. 내가 바라던 대로 엄마가 민호라는 남자와 만나지 않게 되면 나라는 존재는 어느 순간 사라지게 될까. 나는 결코 답을 알 수 없는 생각들을 이어갔다.

벤치 끝에 뜨거운 햇볕이 내리쬐고 조용했던 캠퍼스가 활기를 찾아가자 D가 초록색 불을 깜박이며 말을 걸었다. 자신이 어디인지 파악하고 실망한 듯 평소보다 낮은 목소리였다.

〈회영 님, 결국 30년 전으로 돌아간 거예요?〉

"응, 넌 괜찮아? 갑자기 안 켜져서 걱정했어."

〈괜찮아요. 아까는 설정이 완료되지 않은 상태에서 무리하게 이동하느라 로딩이 완료되지 않았었나 봐요. 그런데…… 하드웨어 전원이 안 켜져요.〉

실망을 감추려 해보았지만 나도 모르게 크게 숨을 들이쉬고 말았다. D는 상황을 정리하기 위해 내게 몇 가지를 더 물었다.

〈어머니랑 몇 시에 만나기로 약속했어요?〉

"11시."

〈만나는 동안 저랑 하드웨어를 블루투스로 연결해 놓으세요.
제 배터리로 충전할 수 있는지 확인해 볼게요.〉

그의 말에 따라 D를 손목에서 풀고는 하드웨어와 함께 재킷 안에 넣었다. 때마침 지은이 멀리서부터 나를 알아보고 손을 흔들며 나에게 달려왔다. 지은은 막 시작되는 여름의 아침을 닮은 듯 싱그러웠다.

나는 지은과 함께 학교 식당에서 점심을 먹었다. 학교 식당이라 맛은 영 기대하지 않았는데 지은과 함께 먹어 그런지 제법 먹을 만했다. 지은이 이번에는 자기가 사겠다며 기필코 지갑을 꺼내려는 통에 우리는 계산대 앞에서 서로의 손을 잡고 계산을 막기 위해 애를 썼다. 결국 나를 이긴 지은이 당당하게 계산대에서 체크카드를 꺼냈다.

커피는 내가 사겠다는 말에 지은은 학교 카페에 맛있는 아이스티를 판다며 내 손을 잡고 데려갔다. 항상 아이스 아메리카노만 마시던 내가 아이스티를 건네받고 빨대로 한 모금 넘기는 순간, 그 달콤한 맛에 마치 나도 대학생이 된 것처럼 까르르 웃고 말았다. 지은은 "거봐요. 맛있죠?" 하며 뿌듯한 표정을 짓고는 다시 제 몫의 아이스티를 마셨다.

그렇게 캠퍼스 언덕을 내려가던 도중, 갑자기 지은이 길 한가운데 멈춰 섰다. 그러고는 화들짝 놀란 듯 어깨를 들썩인 후 내 뒤로 숨었다.

“왜 그래?”

대답 대신 자신의 얼굴을 가린 지은은 근처에 있는 한 건물로 도망치기 시작했다. 영문을 모른 채 나는 무작정 지은의 뒤를 쫓았다. 지은은 그 건물 뒤편에서 여전히 두 손으로 얼굴을 가린 채 서 있었다.

“우는 거야?”

지은은 천천히 고개를 들고 누가 들을까 봐 조용히 속삭였다.

“선배님, 제 얼굴 어때요?”

양 볼이 붉어진 지은은 나와 다른 공간에 있는 사람처럼 자기만의 세계에 빠져 혼잣말을 시작했다.

“눈 마주친 것 같은데! 얼굴 빨개진 것도 봤으면 어떡하지?”

나는 그 세계가 어떤 곳인지 알고 싶어서 지은의 손을 꼭 붙들고 물어보았다.

“누구 말하는 거야?”

지은이 손가락으로 건물 사이로 보이는 한 남자를 가리켰다. 남들보다 훤칠한 키에 흰색 셔츠, 검은색 바지 차림에 뿔테 안경을 낀 남자. 그는 어느 여학생의 마음이든 훔칠 만한 번듯한 외모를 하고 있었다. 남자의 얼굴에서도, 지은과 마찬가지로 청춘 특유의 빛이 뿜어져 나오는 것 같았다. 엄마의 빛과는 달리 나는 남자의 빛을 보고 불안해졌다. 그런 내 속을 아는지 모르는지 지은이 남자에 대해 설명하기 시작했다.

"저기 저 키 큰 안경 쓴 남자요. 저랑 다른 과인데 학교 축제에서 처음 봤어요. 근데 너무 떨려서 말은 못 걸어보고, 친구한테 부탁해서 저 남자 몰래 소개팅도 잡아놨거든요."

"이름이 뭔데?"

"김민호요. 경영학과 2학년. 잘생겼죠?"

지은이 수줍게 내 등 뒤에 숨은 그 순간부터 나는 이미 그 이름을 직감하고 있었는지 모른다. 하지만 민호라는 이름이 엄마의 입 밖으로 내뱉어졌을 때 나는 죽음을 선고받은 사람처럼 심장이 내려앉았다. 그 짧은 사이 그의 존재를 부정했다가, 분노했다가, 충분히 좌절한 후에야 겨우 그가 내 아버지라는 사실을 받아들일 수 있었다. 남자는 누군가가 신나게 자신의 얘기를 하는 줄도 모른 채 친구들과 함께 자판기에서 음료수를 뽑고 있었다. 남자의 다른 한 손에는 친구로부터 건네받은 농구공이 있었다.

지은이 뭔가 생각난 듯 손뼉을 치며 말했다.

"저 완전히 까먹고 있었어요. 오늘 7시가 소개팅인데."

지은은 잡고 있던 내 손을 떼어내며 말을 이어갔다.

"선배님, 어쩌죠. 저 옷 갈아입고 소개팅 나가야 할 것 같아서 지금 집에 가봐야 할 것 같아요. 아! 선배님이 사주신 옷 입고 나가면 되겠다!"

말릴 새도 없이 지은은 손 인사를 하고 정문을 향해 걸어가기 시작했다. 이곳에서 내가 할 수 있는 일이 무엇인지 고민하는 찰나 재킷 속에서 D의 목소리가 들렸다.

〈하드웨어 배터리를 겨우 충전했어요. 28% 정도예요. 아직 안 정화가 안 되어서 전보다 배터리가 빨리 닳는 것 같아요. 어머니도 만났으니까 이제 그만…….〉

"아니."

캠퍼스 안 도로에 오토바이 한 대가 지나가고 있었다. 나는 그 오토바이에 내 몸을 던졌다. 운전자의 비명이 터지고 굉음을 낸 오토바이는 나를 겨우 비켜 간 채 쓰러졌다. 나 역시 도로 옆으로 넘어졌다. 큰 소리에 놀란 지은이 넘어진 나를 보고 달려와 나를 부축했다. 겁에 질린 지은의 슬픈 눈을 보자 죄책감이 들었다. 하지만 동시에 어리석은 마음이 내 안에 밀려들었다. 엄마도 나를 아프게 했으니 나도 이럴 권리가 있다는 생각. 다행히 오토바이 운전자는 다치지 않았다. 내 무릎에서도 피가 났지만 당장 크게 아픈 곳은 없었다.

응급차를 부르겠다는 지은을 극구 말리자, 지은은 하는 수 없이 나를 대학교 보건실로 데려갔다. 나는 보건교사의 응급

처치를 받고 간이침대에 누웠다. 보건교사는 30분쯤 안정을 취하고 나가라고 했다. 지은은 괜찮아 보이는 나를 보고 안심했는지 자리에도 없는 오토바이 운전자를 향해 화를 내기 시작했다.

"아무튼 학교 안에서 오토바이 운전하면서 조심하지도 않고."

"아냐, 내가 잘못한 거야."

지은에게 먼저 집에 가보라고 할 수도 있었지만 그렇게 말하지 않았다. 애초에 지은을 집에 못 가게 하는 것이 내 목적이었으니까. 나는 침대에 누운 채 지은의 손을 잡고 눈을 감았다. 불면증이 있는 사람답지 않게 눈을 감자마자 잠에 빠져들었다. 아무런 꿈도 꾸지 않았지만, 잠결에 지은이 통화하는 목소리가 들렸다.

"응, 나야. 어떡하지. 오늘 네가 해준 소개팅 못 나갈 것 같아. 너 공부하는 중에 어렵게 소개팅 잡아준 건데 미안해. 응, 나는 다음 주도 괜찮아."

분명히 통화 상대방은 어린 처장님일 것이다. 죄책감은 때로는 삶의 가장 큰 원동력이 된다는 걸 나 역시 알고 있었다. 처장님이 그동안 나를 살뜰하게 살폈던 이유를 알 것 같았다. 정말로 본인이 엄마와 민호를 만나게 한 장본인이었으니까. 내 눈으로 확실하게 확인하고 싶었지만 나는 마취된 사람처럼 다시 깊숙이 잠 속으로 빠져들었다.

눈을 뜨니 지은이 내 옆에 앉아 자신의 핸드폰을 보고 있었다. 내가 깨어나자 아직도 잡고 있던 손을 다시금 꽉 쥐며 내 얼굴을 살폈다.

"선배님, 괜찮으세요?"

"괜찮아, 근데 너 가봐야 되는 거 아니야?"

"시간이 안 될 것 같아서 다음 주쯤에 다시 약속 잡기로 했어요. 아무래도 첫인상이 중요하니까요."

무릎에 반창고를 붙인 채 나는 지은을 따라 어둑한 캠퍼스를 걷기 시작했다. 여름밤, 인적이 없는 캠퍼스에선 낯선 벌레들의 대화 소리와 나무가 뿜어내는 향기가 그 주인이었다. 어느새 동아리 회관에 도착했는지, 지은이 먼저 그 안으로 저벅저벅 걸어가기 시작했다. 건물은 어두웠다. 우리가 걷는 발소리 하나하나가 복도 끝까지 닿았다가 되돌아왔다. 엄마가 동아리까지 가입했을 정도로 좋아했던 취미는 무엇일까. 그동안 궁금해해 본 적 없는 것들이 한꺼번에 쏟아져서 지은과 같은 보폭으로 걷지 못하고 자꾸만 뒤처졌다.

"선배님, 빨리 오세요!"

어느덧 지은이 어느 문 앞에서 나를 기다리고 있었다. 철컥. 문이 열리는 소리와 함께 동아리방 안으로 들어갔다. 깜깜한 공간의 불을 켜자, 벽면 가득 붙어 있는 수채화와 유화 그리고 크로키들이 눈에 띄었다. "Draw Your Dream"이라고 적힌 동아리방 가운데에 놓여 있는 캔버스들과 구석에 세워진 여러 점의 그림도 보였다. 지은은 내가 그 공간에 익숙하다고 생각했는지 자신의 이름이 쓰인 캔버스 앞에 나를 세워놓고는 얘기했다.

"어때요?"

우주를 파스텔로 그린 그림. 지은의 우주는 마냥 까맣기만 한 것이 아니었다. 까만 어둠 속에는 맑은 하늘처럼 푸른색도, 바닷속 거품 같은 하얀색도 보였다. 몇만 광년쯤 떨어져 있어 점처럼 보이는 별들도 있었다. 지은은 사진으로는 몇천 장을 보아도 우주가 손에 잡힐 듯이 뚜렷하게 느껴지지 않고 꿈처럼 몽롱해 보였기 때문에 재료를 파스텔로 선택했다고 말했다.

"언젠가 한 번쯤은 우주여행을 해보고 싶어요. 우주에서 보는 지구를 제 눈으로 직접 보고 싶거든요."

우주여행은 엄마가 돌아가시기 직전 상용화되기 시작했다. 초창기에는 운항 비용이 보통 사람이 감당하기 어려운 수준이었기 때문에 억만장자들의 고급 취미 생활 정도로 여겨졌지만, 이제는 수천만 원 정도면 몇 시간 정도의 우주여행은 가능했다. 하지만 엄마는 내게 한 번도 자신의 꿈이 우주여행이라고 말해주지 않았다. 3년만 더 살았더라면, 어쩌면 자신의 생일날 내게 고백했을지도 모르겠다. 그러면 나는 엄마의 두 손을 잡고 신이 나서 대답했겠지. 엄마의 소원이라면 나는 당장이라도 회사를 그만두고 함께 우주여행을 떠나겠다고.

지은이 내 어깨를 붙잡고 자신을 향해 몸을 돌려세웠다.

"저, 부탁이 하나 있는데 들어주실 수 있어요?"

알겠다는 대답에 지은이 의미심장한 미소를 지으며 내 양팔을 붙잡고 나를 동아리방 가운데로 데려가기 시작했다. 나는 지은의 두 팔에 내 몸을 의지한 채 뒷걸음질을 치다가 미처 발견하지 못했던 의자에 앉혀졌다.

"처음 만났을 때부터 선배님 얼굴 그려보고 싶었거든요."

지은은 어설프게 앉아 있는 나의 머리와 몸의 각도를 조금씩 고쳐주었다. 한참을 이리저리 움직인 후 마음에 들었는지 씩 웃고는, 멀찍이 떨어져 있는 캔버스 앞에 자리 잡고 스케치를 시작했다.

"선배님, 제가 그림 그리는 거 왜 좋아하게요?"

나는 고개를 저으려다가 모델이라는 사실을 자각하고는 모르겠다고 대답했다.

"스케치하려면 모델 눈을 마주치고 있어야 하거든요. 이렇게 선배님이랑 한참 동안 마주 보고 있으니까 또 새롭네요. 그렇죠?"

지은의 미소와 눈동자가 내 눈빛과 맞닿는 순간, 지은이 나를 꿰뚫어 보는 것 같아 심장이 쿵 내려앉았다. 생각해 보면 낯선 내가 자신의 이름을 무턱대고 부른 그 순간부터 지은은 한 번도 나를 이상한 사람이라고 의심한 적 없었다. 설마 내가 딸이라는 걸 알고 있는 건 아닐까. 하지만 25년의 인생을 함께한 엄마는 내가 아는 한 누구에게나 친절한 사람이었다. 낯선 사람의 상처에 자신의 손수건을 선뜻 내어줄 수 있는 사람. 나의 엄마로서가 아니라 인간 이지은이라는 사람과 만나 하루를 보내고, 함께 웃을 수 있다는 사실에 감사한 순간이었다.

울지 않으려 눈에 힘을 주고 눈동자를 크게 떠보았다. 그 순간, 동아리방 철문에서 크게 인기척이 나더니 문이 열렸다. 지은의 눈이 문을 향했다가 이내 쥐고 있던 연필을 떨어트렸다.

"여기서 뭐 하는 겁니까?"

옥상에서 만났던 그 건축가였다. 나는 그를 알아보자마자 당황한 채 물었다.

"그쪽이 어떻게 여기에 왔어요?"

하지만 남자는 전에 만났을 때 싱글벙글했던 얼굴과는 달리 단호한 표정을 짓고 있었다. 지은을 돌아보니 주인 몰래 집안을 어지른 강아지처럼 배시시 웃고 있었다. 남자는 나를 동아리 건물 정문으로 데려갔다. 나는 문앞에 붙어 있는 종이를 바라보았다.

'공사 중. 31일까지 출입 금지.'

지은이 우리 둘을 다급하게 따라오며 나 대신 변명했다.

"죄송해요. 제가 신입생이라서 잘 몰랐어요. 선배님도 제가 후문으로 데리고 들어와서 모르셨을 거예요."

남자는 지은이 아닌 나를 다그쳤다.

"저분은 신입생이라 그렇다고 치고, 학교도 오래 다니신 알 만한 분이 출입 금지된 건물에 막 들어가고 그러시면 됩니까?"

"몰랐어요."

"그런데…… 맨날 간다는 데가 여기였어요? 일하는 곳에서 만나니 또 새롭네요."

어느새 피식하고 웃음을 보인 남자의 얼굴에 나도 마음이 놓였다.

"학교 건물 짓고 싶다더니, 이 건물 새로 짓게 된 거예요?"

"짓는 건 아니고……. 허물게 될 것 같아요. 안전 진단 등급이 안 좋게 나와서. 그나저나 무릎은 괜찮아요?"

괜찮다고 말하려는 찰나 남자의 모습이 시야에서 사라졌다. 어느새 허리를 굽혀 내 무릎에 난 상처를 보던 남자가, 특이하게 생긴 밴드를 내 상처에 섬세하게 붙였다. 그의 갑작스러운 행동에 놀라 나는 꼼짝도 못 한 채 서 있었고, 지은도 이 광경을 이상하다는 듯 바라만 보고 있었다.

밴드를 붙여주는 남자의 손에서 따뜻한 온기가 전해져 왔다. 나의 당황한 반응에도 아랑곳없이 남자는 꼼꼼하게 밴드를 붙인 후 내 얼굴을 바라보며 말했다.

"저랑 있을 때 말고 또 다친 거 맞죠? 사람이 어쩜 물가에 내놓은…… 누가 옆에 따라다니면서 챙겨주지 않으면 큰일 낼 사람이네."

낯선 이로부터 뱉어진 문장들일지라도, 나를 챙겨주는 따스한 말들은 엄마를 생각나게 했다. 지은의 옆에 서서 나는 나의 엄마를 떠올렸다. 아무리 악몽을 꾸어도 나는 아직 엄마가 그리웠다.

급하게 동아리방을 정리하고 함께 건물에서 나왔다. 밴드까지 붙여준 게 고마워서 커피라도 한잔 사고 싶었지만 업무 중이라 가볼 곳이 있다는 남자의 말에 별다른 인사도 건네지 못하고 그대로 헤어졌다. 지은은 혼자 멀리 앞서 걸어가다가, 남자와 내가 헤어지자 할 말이 많다는 듯 종종걸음으로 다가와 억울해서 눈썹까지 한껏 늘어뜨린 채 이야기를 쏟아내기 시작했다.

"죄송해요, 선배님. 근데 정말 저도 몰랐어요. 공사한다는 얘기는 들었는데, 요 며칠 정신이 없어서 동아리방에 못 갔더니 시작하는 날짜를 헷갈렸나 봐요. 괜히 저 때문에 이상한 아저씨한테 혼나고……. 지금이라도 제가 저 아저씨 혼내주고 올까요?"

이미 남자는 사라지고 없는 도로의 끝을 향해 고사리손으로 주먹을 만들어 흔드는 지은의 모습은 고등학교를 갓 졸업

한, 아직은 어른이라는 이름이 낯선 스무 살이었다.

그때 누군가가 우리를 향해 다가왔다.

"지은아."

"어? 수경아!"

뒤를 돌아보니 이미 지은이 목소리의 주인을 향해 달려가 반갑게 팔짱을 끼고 있었다. 지은의 옆에는 단발머리의 눈빛이 강인한 여학생이 서 있었다. 처장님이었다. 내가 알고 있는 모습보다 훨씬 앳된 얼굴이지만, 또렷한 눈빛만큼은 하나도 변하지 않았다. 수경은 자신에게 팔짱을 낀 지은의 손을 쓰다듬으면서도 낯선 나에 대한 경계를 놓지 않은 채 지은에게 물었다.

"누구야?"

"내가 저번에 말했던 동아리 선배님."

"아, 안녕하세요."

수경이 탐탁지 않은 얼굴을 하고는 내게 꾸벅 인사를 했다. 나 역시 어색하게 수경의 인사를 받았다. 수경은 커다란 배낭을 멘 것도 모자라 한 손에 두꺼운 파일을 잔뜩 들고 있었다. 아마 행정 고시 공부를 하고 집에 돌아가는 길인 듯 보였다. 지은은 수경의 얼굴을 직접 보고 대화하는 게 오랜만인지, 내 존재도 잊은 채 조금 전에 동아리방에서 쫓겨난 일을 친구에게 실감 나게 얘기해 주고 있었다. 도무지 대화의 끝이 보이지 않아 둘이 편하게 얘기를 하도록 자리를 비켜줘야 하나 고민하는데 갑자기 지은이 소리쳤다.

"나 동아리방에 지갑 놓고 왔다. 수경아, 잠깐만 선배님이랑 얘기하고 있어! 선배님, 저 금방 다녀올게요!"

지은이 말리기도 전에 달려가 버리자, 수경과 나 사이에 어색한 침묵이 감돌았다. 그녀는 지금은 나보다 어리지만, 엄마가 돌아가셨을 때 내가 사람처럼 살 수 있도록 도와준 은인이었다. 어쨌든 향후 나의 처장님이 될 사람이기도 했다. 나도 모르게 두 손으로 공손하게 벤치에 앉으라며 안내했다. 수경이 경계심을 풀지 않은 채 벤치 가장자리에 자리를 잡았다.

"이름이 어떻게 되세요?"

"회영이요. 이회영."

생각해 보니 지은은 아직 내 이름을 물어보지 않았다. 선배님이라고 부르는 게 편해서인지, 동아리 선배의 이름을 모른다는 사실을 들키지 않기 위함인지 알 수 없었지만 나 역시 불편하지 않아 굳이 내 이름을 꺼내지 않았다. 거짓 이름을 지어낼 수도 있었지만 수경에게 내 진짜 이름을 말한 것은 그가 나에 대해 무언가 알고 있는지 확인해 보기 위함이었다. 수경이 흠칫 놀라는 표정을 지으며 나를 쳐다봤다. 나는 당황하지 않고 말을 이어나갔다.

"제 이름이 좀 특이하죠? 지은이한테 그쪽 이름은 들었어요. 수경이라고."

수경이 피식 웃음을 흘리며 대답했다.

"아니요, 이름이 웃겨서요."

나에 대해 왜 이렇게 적개심을 보이는지 알 수 없지만, 적어도 내가 누구인지는 모른다는 생각에 나도 모르게 안심이 되었다. 수경의 말투는 여전히 뾰족했다.

"지은이랑 어떻게 친해지신 거예요? 원래 그 동아리 선배들은 후배랑 따로 안 모이는 걸로 알고 있는데."

나는 수경에게 휴학을 2년 정도 하고 돌아온 후 지은을 만났다고 거짓말을 했다. 나로서는 그 순간을 모면할 수 있는 최선의 변명이었다. 여기서 수경과 더 말을 이어갔다가는 후회할 일이 생길 것 같아 자리를 떠야 할 것 같았다. 최대한 자연스럽게 사라지기 위해 자리에서 일어나려는 순간, 수경이 내 손목을 잡았다. 놀란 나는 소리 한번 지르지 못하고 손목을 잡힌 채 수경의 눈치를 살폈다.

"이 옷, 소재가 특이한데요? 어디에서 산 옷이에요?"

수경은 현재에 존재하지 않는 신소재를 알아차릴 만큼 눈썰미가 좋았다. 엄마의 캠퍼스에선 언제든지 수경과 마주칠 위험이 도사리고 있다는 사실을 간과하고 있었다. 이제 와서 후회해도 소용없는 일이었다. 세상에 후회할 일을 잔뜩 만들고 그것들을 무마하면서 살아가는 게 내 인생이었으니까. 잡힌 손목을 빼고 싶었지만, 나보다 더 힘을 주는 수경 때문에 손목을 뺄 수가 없었다.

"죄송해요. 선물받은 거라 어디에서 샀는지 모르겠어요. 마음에 드시면 제가 나중에 알려드릴게요."

나는 수경의 손에서 내 손을 빼냈다. 잡혀 있던 손목이 욱신거렸다.

"당신도 사기꾼이지?"

황당한 이야기에 말문이 막혔지만 처장님은 이유 없이 예민하게 반응할 사람은 아니었다. 무슨 일이 있었던 게 분명했다. 나는 지은에게 무슨 일이 있었는지 물었다.

"돌봐주는 가족 한 명 없다고 얼마나 많은 사람이 들러붙은 줄 알아요? 공부도 못 하고 아르바이트하면서 안 쓰고 모은 돈까지 다 날려버렸다고요!"

한 번도 들어본 적 없는 얘기였다. 스무 살의 엄마는 겉으로 볼 땐 한없이 순수해 보여 마냥 행복하게 살고 있을 거라고 내 멋대로 결론지었었다. 하지만 그건 남들에게 보여주는 예쁜 가면에 불과했다. 선배님으로 둔갑하고 있는 나에게 보여주는 모습도 그 가면을 쓴 모습이었을 것이다.

그때 내 재킷에서 D의 경고음이 들리기 시작했다. 그 경고음은 일반적인 휴대용 기기 등에서 배터리가 모자랄 때 나는 소리와 비슷했으나, 상황이 좋지 않았다. 수경은 내가 무언가

녹음이나 녹화를 하는 기기를 가지고 있다고 오해를 한 것 같았다.

"이게 무슨 소리예요?"

수경이 경고음에 경직된 채 주위를 두리번거렸다. 알람을 확인하려면 이곳에서 벗어나야 했지만 수경이 내 재킷에서 소리가 나는 물건을 빼내고야 말았다. D가 빨간 경고등을 반짝이고 있었다. 화면에는 "하드웨어 잔여 배터리 1%. 위험. 복귀 요망!"이라는 문장이 깜박이고 있었다. 수경의 손에 있는 D를 되찾아 빨리 도망쳐야 했다. 나와 수경이 D를 서로 빼앗기 위해 뒤엉킨 채 몸부림쳤다.

"선배님, 수경아, 둘이 뭐 하는 거야?"

지은의 목소리를 들은 수경이 온몸에 힘이 빠진 듯 내게서 떨어졌다. 조금 전만 해도 낯을 가리느라 얼굴조차 쳐다보지 못하던 두 사람이 별안간 뒤엉켜 몸싸움하는 모습을 보게 된 지은은 자신이 보는 광경을 믿을 수 없다는 얼굴을 하고 있었다. 하지만 지금은 설명할 시간이 남아 있지 않았다. 배터리가 방전된 채 돌아가지 못하면, 과거에 갇혀 무슨 일이 생길지 알 수 없었다. 내가 규정을 어기고 하드웨어를 마음대로 사용해서 사라진다면 우리 팀은 물론이고 국제 협약에 따라 국내 사용이 금지될 수도 있다. 이선과 희태의 말처럼 하드웨어가 사람들의 생명을 살려온 것만은 분명하다. 나 따위가 뭐라고 그 사용을 중단시킬 권리나 자격이 있을까.

나는 다급해진 마음으로 지은에게 말했다.

"부탁이 있는데 나랑 약속 하나 할래? 내일 오후 1시에 처음 만났던 벤치에서 만나기로. 그때까지 다른 사람이랑 그 어떤 약속도 잡지 않고, 딱 나만 만나기로. 그때 만나서 그게 뭐든지 전부 설명할게."

"선배님 부탁이시면……."

망설이던 표정도 잠시, 지은이 나에게 걸어와 두 팔을 벌려 나를 안고는 내 등을 토닥여 주었다. 나도 모르게 지은의 품에 안겨 눈을 감았다. 엄마의 포근한 향기를 예전처럼 느낄 수 있다니, 지금 내가 꿈을 꾸고 있는 것은 아닐까.

"무슨 일인지 모르지만 잘 해결하고 내일 만나요."

지금 벗어나지 않으면 영영 그 따뜻한 품을 밀어내지 못할 것 같아 인사도 못 한 채 도망치듯 달리기 시작했다. 건물 뒤편을 향해 달리는 와중에 하드웨어를 꺼내다 D가 손에서 미끄러져 바닥에 떨어졌다. 다급해진 D가 소리를 질렀다.

〈회영 님, 빨리요!〉

나는 다급하게 하드웨어를 주웠다. 지금 할 수 있는 일은 오직 현재로 돌아갈 수 있도록 버튼을 누르는 것뿐이었다. 손을 움직이면서도 이선이 내게 건넸던 휴대용 충전기가 자꾸만 떠올랐다. 이곳에 가져와 봤자 규격이 달라 사용할 수 없었을 게 뻔했다. 그럼에도 그게 있었다면 어떻게든 하드웨어를 충전하여, 이 정도의 상황까지는 오지 않았을 거라는 후회가 온몸에 퍼졌다. 손가락으로 버튼을 누르는 순간 팟 하며 꺼지는 기계음이 들리는 것 같았다. 눈을 감고 어지러움을 마주하기만을 기도했다. D의 목소리가 점점 더 멀어지는 듯 번져가고 정신이 몽롱해져 왔다.

○●○

어느 순간, 주위에 거짓말 같은 정적이 찾아왔다. 아무것도 하지 못한 채 그대로 시공간 어딘가에 갇힌 건 아닐까 하는 불안감에 휩싸인 채 함부로 눈을 뜰 수 없었다.

〈10초만 더 거기 있었어도 우리 여기 못 왔어요. 기록도 안 되어서 누가 찾을 수도 없고……. 하드웨어가 너무 불안정해요. 이제 다신 하지…….〉

D가 훈계와 부탁을 번갈아 하는 걸 보면 위험한 상황은 끝난 것이 분명했다. 현재로 돌아왔을 것이다. 하지만 왜 목소리

가 끊겼을까. 하드웨어에 자신의 에너지를 넘겨주면서 배터리가 다 된 것일까. 눈을 뜨자 시간 이동을 했던 사무실의 풍경이 아니라 건물 외벽이 눈에 들어왔다. 하드웨어가 돌아와야 할 시공간을 제대로 찾지 못한 것 같았다. 건물에선 불빛 하나 보이지 않았다. 시간을 확인하기 위해 우선 사무실로 돌아가기로 마음먹었다. 카드 키를 입구 센서에 대는 순간 미세한 진동이 느껴졌다.

아무도 없는 건물의 복도에선 발소리마저 위협적이었다. 겨우 사무실 문을 열고 내 자리 위 탁상시계를 집어 들었다. 새벽 3시. 안심이 되어 잠깐 의자에 앉으니 잠이 쏟아지기 시작했다. 평소보다 더 오랜 과거로 돌아가느라 체력을 전부 써버린 걸까. 캐비닛에서 약을 꺼내 먹을까 생각도 해보았지만, 몰래 저지른 일탈을 자수하는 것과 마찬가지라 관두기로 하고 잠깐 눈을 붙여야겠다고 생각했다. 그리고 생각과 동시에 잠에 빠져들었다.

얼마나 시간이 지났을까 멀리서부터 발걸음 소리가 들리는 듯했다. 피해야 한다는 걸 머리로는 알고 있었지만 도저히 움직일 수도, 눈을 뜰 수도 없었다. 사무실 문이 벌컥 열리고, 감긴 눈꺼풀 사이로 밝은 불빛이 쏟아져 들어왔다. 겨우 눈을 뜨니 검은 양복을 입은 2명의 남자가 내 앞에 서 있었다.

"이회영 씨, 업무용 기기를 사적으로 사용한 혐의로 같이 가 주셔야겠습니다."

그들은 이곳에 내가 있는 것을 알고 있었던 것처럼 의연하게 내 양팔을 한 쪽씩 붙잡았다. 두 팔이 단단하게 결박되자 오히려 마음이 차분해졌다. 우리 팀이 구했던 구조 대상자들이 왜 양팔이 붙잡힌 후 잠잠해졌는지 그제야 이해가 갔다. 끌려간 곳은 감사실 입구였다. 유리문이 열리고 여러 개의 인터뷰실 중 한 곳으로 들어왔다. 잔뜩 긴장했다고 생각했지만 대단한 착각이었다. 나는 감사실 직원들이 잠시 자리를 비운 사이 의자에 앉은 채 잠들고 말았다.

눈을 떠보니 아침이었다. 몸을 마음대로 움직일 수 없어 둘러보니 수갑이 채워진 채로 소파에 눕혀져 있었다.

"선임님! 여기 계세요?"

창문이 없는 취조실 문 너머로 희태의 목소리가 들려왔다. 문을 열어보려고 했지만 카드 키 없이는 함부로 들어오거나 나갈 수 없는 곳이었다. 괜찮다고 희태에게 소리 지르고 싶었지만 목소리가 나오지 않았다.

누군가가 취조실 안으로 들어왔다. 자신을 감사실장이라고 소개한 남자는 내 손에서 수갑을 풀어주고는 물 한 컵을 내밀었다. 남자는 건조한 목소리로 내가 하드웨어와 함께 3일간 실종 상태였다고 말했다. 몇 시간도 아닌 며칠의 오차가 발생한 것을 보면 하드웨어에 문제가 생긴 게 분명했다. 물을 마시는 와중에 손목이 허전함을 깨달았다. D가 사라져 있었다. 내가 입고 있었던 재킷도 하드웨어도 보이지 않았다. 그때 취조실로 감사실 직원이 상자 하나를 들고 들어왔다. 내가 찾던 소지품들이 모두 그 안에 담겨 있었다. 감사실장이 자리에서 일어나 상자에서 하드웨어를 꺼냈다.

"이 기기는 감사실에서 보관하도록 하겠습니다."

감사실장의 요구에 나는 소파에서 일어나 딱딱한 의자에 앉았고, 즉시 감사가 시작되었다. 그는 노트북을 앞에 펼쳐두고 옆에는 두꺼운 서류 뭉치를 세워둔 채 나의 신분과 생명보호처에 채용된 경위에 대해 물었다. 그다음엔 근무 경력과 이전 직장 경력, 현재 팀원들과의 관계 등을 물었다. 그는 이 회사에 들어온 직후의 일들뿐 아니라 내 인생에 대한 모든 것을 알아내려는 듯 질문을 쏟아냈다.

정신없이 비슷한 질문을 몇 번씩 반복한 후, 본격적으로 하드웨어를 이용한 업무 시점과 사용 내역에 대해 질문했다. 나는 모든 사용 내역이 기억나는 것은 아니라고 답했다. 기억하기 위해서 우리 팀이 작성한 보고서가 필요하다고 말했지만 감사실장은 내 요구를 들어주지 않았다.

"우리 직원에게 발견되기 직전 하드웨어를 사용해서 무슨 일을 했는지 육하원칙에 따라 말씀해 주시죠."

모든 질문에 아무런 저항 없이 순순히 대답한 나였지만 도저히 그 질문에는 답할 수 없었다. 실장은 내 반응을 예상했다는 듯 이럴수록 감사 시간만 늘어날 뿐이라며, 나지막한 목소리로 나를 압박했다. 침묵이 감사실을 채우는 사이 감사실장의 재킷 안주머니에서 벨 소리가 울렸다. 그는 화면을 확인하고는 급히 방을 빠져나갔다. 나는 그 틈을 놓치지 않고 닫힌 문 앞으로 다가갔다. 문 안쪽에 설치된 걸쇠를 걸어 잠그고 그 앞에 의자를 세워서 밖에서 제대로 열 수 없게 고정했다. 그리고 실장이 앉아 있던 자리로 다가갔다.

어지럽게 펼쳐놓은 서류 더미 사이로 우리 팀이 작성했던 모든 보고서가 정갈하게 출력되어 있었다. 연구실에서 받아온 듯한 월별 배터리 방전 내역, 그 서류의 그래프 속 다른 두 명의 내역에 비해 내 하드웨어의 배터리 방전 내역이 그래프 Y축을 급격하게 오고 가고 있었다. 이걸로 감사실장이 뭔가 알아낼 수 있는 것일까. 언제 누가 들어올지 몰라 다급하게 서류를 헤집던 중 우리 셋의 이력서가 책상 아래로 흩어졌다. 나는 차례대로 종이를 주우며 그것들을 눈으로 훑었다.

내 이력서 위엔 누군가 갈겨쓴 “이지은 법에 의거한 특례입사자”라는 특이 사항이 기재되어 있었다. 부끄러웠다. 엄마의 이름을 더럽히고도 아무것도 해내지 못했다는 사실이 수치스러웠다. 나는 남 팀장님의 이력서를 집어 들었다. 두 아이의 엄마이자 검사의 아내이고, 과거 외국계 보험사의 손해 사정인이었던 사람. 자신이 보험 사기라고 판단한 사건의 교통사고 환자가 억울하다며 자살한 후 회사를 그만두고, 처장님의 추천으로 TF팀의 리더로 스카우트되었다고 쓰여 있었다. 희태의 이력서 뒤에 클립으로 끼워진 자기소개서에는 중학교 때부터 가장 친했던 친구가 입시 스트레스로 자살하고 친구의 몫까지 더해 보통 사람보다 2배 열심히 살려고 한다는 입사 각오에 형광펜이 그어져 있었다.

나 혼자서 말 못 할 슬픔을 안고 살아간다고 생각한 게 나만의 착각이었음을 깨달았다. 우리 모두 누군가의 자살로 슬픔과 고통을 감내한 사람들이었다. 둘은 그 경험 이후 한순간도 소홀히 보내지 않겠다는 듯 매 순간 주변 사람들과 기꺼이 행불행을 만끽하고 있었다. 그런 사람들이 바로 내 곁에 있었다.

밖에선 통화를 마친 감사실장이 쾅쾅거리며 문을 부술 듯 두드렸다. 나는 이 사람들을 지키기 위해서 내가 할 수 있는 일을 선택해야만 했다. 그때 처장님이 떠올랐다. 내가 그만두는 건 아무래도 상관없었지만 처장님은 달랐다. 처장님이 불명예 퇴직이라도 당하게 된다면 돌이킬 수 없는 주홍 글씨가 될 것이다.

나는 세워둔 의자를 치우고 문을 열었다. 그곳에는 분노와 모멸감이 담긴 눈으로 나를 쏘아보는 감사실장이 서 있었다.

다시 감사가 시작되었고, 실장은 서서히 열리는 내 입을 응시했다. 나는 하드웨어를 사용한 것은 인정하지만, 사용한 목적에 대한 것은 개인적인 일이므로 변호사를 불러달라고 요구했다. 선임된 변호사 같은 게 없다는 건 알고 있었다. 그저 시간을 조금이라도 벌어서 머릿속을 정리하겠다는 요량이었다. 감사실장이 누군가에게 전화하는 동안에도 쉽게 생각이 정리되지 않아 속이 탔다. 실장이 가져다 준 물은 이미 한참 전에 바닥을 보인 후였다.

잠시 후, 감사실에 누군가가 도착했다. 도착한 사람은 변호사가 아닌 뜻밖의 인물이었다.

"어떻게 된 거예요?"

이선의 목소리에 나는 이곳에서 사라지고 싶다는 생각이 들었다. 하지만 감사실장은 나와 달리 놀라지도, 당황하지도 않았다.

"최이선 씨 맞죠?"

"네, 제가 하드웨어 개발 담당자입니다."

이선을 볼 면목이 없어 애써 그의 얼굴을 피했다. 감사실장은 이제야 말이 통하는 사람을 만났다는 듯 이선을 보며 반가워했다. 내가 할 수 있는 것은 제발 이선이 알고 있는 사실을 말하지 않기를 마음속으로 기도하는 것뿐이었다. 이선은 다른 방으로 안내되었고, 감사실장도 그를 따라나섰다. 이

방에는 나와 나를 처음으로 붙들었던 감사실 직원 중 1명만 이 남았다.

조사가 10시간이 넘어가도록 원하는 대답을 듣지 못한 감사실장은 내일 징계위원회에 회부될 테니 준비하라는 사실을 일러주었다. 그러나 무엇을 어떻게 준비해야 하는지는 알려주지 않았다. 감사실장은 손가락으로 종이 상자를 가리키며 내 물건을 가져가도 좋다고 말했다. 그중 조사 대상인 몇몇 물건은 차후에 압수될 수 있다고 덧붙였다.

나는 취조실에서 빠져나오자마자 바닥에 주저앉았다. 모든 에너지를 취조실 안에 빼앗기고 온 것 같았지만 먼저 상자 안에서 하드웨어와 D를 찾아야 했다. 바닥의 냉기를 느끼며 불 꺼진 복도에서 상자를 뒤적이다 D의 촉감에 손이 빨라졌다. 내 이름의 약자가 이렇게 반가운 적은 처음이었다. 방전으로 화면이 꺼진 상태였지만 D를 찾았다는 사실만으로도 다행이었다. 얼른 왼쪽 손목에 D를 감았다. 그러나 하드웨어는 상자를 아무리 뒤져도 나오지 않았다. 사적으로 이용한 기기가 압수되지 않았을 거라고 생각한 것이 너무나 어리석었다는 걸 늦게야 깨달았다.

나는 겨우 자리에서 일어나 상자를 들고 터덜터덜 걸어 주차장으로 향했다. 땅거미가 내린 지 한참 지난 터라 하늘엔 노을의 흔적조차 찾아볼 수 없었고, 저녁 공기는 차가웠다. D의 목소리 없이는 차를 어디에 주차해 두었는지도 기억하지 못해 근처를 몇 바퀴나 헤매던 중 내 차 앞에 한 남자가 기대서 있는 모습이 보였다. 거리가 떨어져 있어 가로등 불빛만으로 그가 누구인지 알아보기가 어려웠다.

몇 걸음 걸어간 후에야 나는 그 남자가 누구인지 알아볼 수 있었다. 희태였다. 인기척이 들리자 땅바닥만 바라보던 희태가 얼굴을 들었다. 문신처럼 새겨져 있던 해맑은 표정, 입꼬리가 위로 시원하게 올라가는 모습은 찾아볼 수 없이 축 처진 멍한 눈으로 희태가 그저 나를 가만히 바라보고 있었다.

“희태 씨, 집에 안 갔어?”

“감사실에서 징계위원회에 회부한대요?”

나는 대답하지 않았다. 어둠 속에서 희태의 신발이 보였다. 이리저리 뛰어다니느라 앞축이 해진, 한때는 새하얀 빛을 내뿜었을 운동화였다. 희태는 질문을 던지고 내 대답을 기다리는지 조용히 침묵을 지켰다. 가로등을 등지고 있는 희태의 표정을 읽기 어려워 그의 얼굴과 신발을 번갈아 바라보는 와중에 뭔가 후두둑 떨어지는 게 보였다. 희태의 하얀 운동화 위로 떨어지는 것은 눈물이었다. 나도 모르게 희태에게 다가섰다.

그는 아직 눈가에 고인 눈물을 닦아내며 나에게 말했다.

"선임님까지 없으면, 저랑 우리 팀은 어떡하라고요. 저 혼자 할 수 없는 거 아시잖아요."

"미안해. 팀이 없어지는 일은 없을 거야. 처장님을 설득해서라도 그건 막을게."

"처장님도 책임을 피하실 수 없대요. 회사 사람들이 하는 얘기 다 들었어요."

그가 눈물을 닦아낸 것이 무색하게 눈물은 또다시 그의 얼굴을 적셨다. 설움이 북받쳤는지 흐느끼는 소리가 커지고 나는 그를 달래줘야 할지 울게 놔두어야 할지 갈피를 잡지 못하고 바보같이 그곳에 서 있기만 했다. 친구 대신 2명분의 삶을 살아야 하는 희태에게 방해꾼이 된 것 같았다. 순간, 어깨가 축축해지기 시작했다. 희태가 내 어깨에 제 얼굴을 파묻고 오열하고 있었다. 임명된 첫날 희태가 어린아이처럼 본인의 역할이 자랑스러운 듯 하드웨어를 써보던 순간이 떠올랐다. 희태는 내가 원망스러운 것일까. 그 원망을 말로 차마 표현할 수 없어 눈물로 치환해 쏟아내는 것은 아닐까. 희태의 등을 토닥여 주고 싶었지만 그럴 자격이 없는 것 같았다.

한참을 울고 난 희태와 헤어진 나는 차에 올라타 스마트폰을 연결했다. 차가 자율주행을 시작해 집으로 돌아가는 동안 메시지와 부재중 전화를 하나씩 확인해 보았다. 모두 희태에게서 온 연락이었다.

[선임님, 점심시간인데 따로 식사하실 거예요?]

[이 선임님, 어디 아프신 거예요?]

[선임님, 무슨 일 생기신 거 아니죠? 이 메시지 보면 바로 연락해 주세요. 꼭이요. 네?]

사흘 동안 부재중 전화를 20통 넘게 남기는 동안 희태는 무슨 마음이었을까. 엄마의 마지막 날, 왠지 모르게 불길한 예감이 들어 엄마에게 끊임없이 전화했지만 엄마는 전화를 받지 않았다. 어느 순간 들려온 엄마의 전화가 꺼져 있다는 안내 음성에 절망했지만 엄마를 만나야 한다는 생각에 한걸음에 집으로 달려갔던 그날의 나와 비슷한 마음이었을까. 집에 도착했다는 알람음이 반복해서 울리고 나서야 내가 울고 있다는 사실을 깨달았다.

○●○

인공적으로 만들어낸 맑은 날씨로 인해 현실에선 안개를 보기가 힘들어졌다. 그래서 안개는 꿈을 꾸고 있다는 걸 알려주는 징표였다. 하지만 이번엔 여느 꿈과 달랐다. 나는 두 팔과 다리를 온전히 자유롭게 움직일 수 있었다. 하지만 어둠 속을 아무리 둘러보아도 엄마의 모습이 보이질 않았다. 어둠 한 편에 꿈속의 엄마가 늘 앉아 있던 의자만 덩그러니 놓여 있었다. 주인이 없는 의자는 외로워 보였다. 홀린 사람처럼 나도 모르게 그 의자에 앉아보았다. 처음 앉았을 땐 마치 폭신한 소파에 앉은 것처럼 편안했다. 그러다 늪에 빠진 것처럼 서서히 의자 속으로 가라앉기 시작했다. 내려앉는다는 걸 알고 있었지만 일어날 수 없었다. 아니, 일어나지 않았다. 꿈속에서만이라도 나라는 존재가 이대로 어둠 속에 영영 사라져 버리길 바랐다.

〈회영 님, 괜찮은 거예요? 〉

D의 목소리에 모든 신경이 예민하게 곤두서고, 남아 있던 잠이 달아났다. 침대에서 일어나 D의 화면을 톡톡 두드렸다. D는 아날로그 화면을 띄운 채 나에게 말을 걸고 있었다. 익숙해야 할 목소리가 어딘지 모르게 낯설게 느껴졌다.

〈얼른 준비하고 가야 해요. 오늘…… 중요한 날이잖아요.〉

징계위원회가 있다는 사실을 알고 있는 모양이었다. 스마트폰과 메일을 포함한 나의 모든 정보와 연결되어 있는 D가 그 사실을 모르는 게 더 이상할지도 모른다. 나는 내 이름의 약자가 새겨진 D의 가죽을 쓸어 만진 후 손목에 채워보았다. D가 있어야 할 곳을 찾은 것처럼 초록빛을 작게 뿜어냈다. 구름 한 점 없는 하늘과 그 위에서 빛나는 태양이 완벽한 조화를 이루며 잔잔한 한강에 반사되어 두 개의 절경을 만들고 있었다.

아침의 사무실은 썰렁했다. 희태가 사무실에 있던 PC와 기기들을 오늘 아침에 모두 수거해 갔다고 이야기했다. 특히 내 자리에 있는 것은 필통에 담긴 볼펜 한 자루까지 모두 감사실에 압수된 상태였다. 남 팀장님 자리에 있던 PC까지 사라진 모습을 보니 징계위원회의 결과를 예견할 수 있었다. 내가 무슨 말을 해도 하드웨어의 사적 사용에 대한 처벌은 경감되지 않을 것이다.

노크 소리가 들리며 낯선 사람이 희태와 나의 눈치를 보며 들어와서는 징계위원회에 참석해야 한다는 말을 전하고 홀연히 사라졌다. 따라오겠다는 희태를 만류하며 무슨 일이 생기면 연락하겠다고 그를 안심시켰다. 홀로 복도와 계단을 걸어 대회의실로 가는 동안, 사람들이 소문을 들었는지 나를 곁눈질했다. D라도 무언가 말을 걸어주길 바랐지만 아무 소리도 들리지 않았다. 사람들이 많아서 자신을 숨기기 위해서일 거라 스스로를 다독였지만 아무리 사람이 많은 순간에도 중요한 순간일 땐 위험을 무릅쓰고 나를 다독여 주었던 D의 목소리가 새삼스럽게 떠올랐다.

대회의실 문을 여니 높은 회의실 단상 가운데에 놓여 있는 의자 하나가 보였다. 지시에 따라 단상에 오르니 그 아래에 일렬로 앉아 있는 징계위원들의 모습이 보였다. 뒷줄에는 실장급 이상의 임원들이 모두 나를 바라보고 있었다. 누군가는 나를 신기한 듯 바라보았고, 몇몇은 마른기침을 했고, 또 다른 이는 나를 경멸의 눈빛으로 쏘아보았다. 동물원에 갇힌 원숭이가 된 기분이었다. 첫 번째 줄 가운데에 처장님의 얼굴도 보였다. 안타까움이 가득한 얼굴을 보니 절로 고개가 숙여졌다.

징계위원회가 시작되자 감사실장은 내가 저지른 위반 행위와 그 위험에 대해 장황하게 보고했다. 다행히 나의 하드웨어 사적 사용 내역에 대해서는 파악하지 못한 상태였다. 감사실장은 사용 내역을 알아보기 위해서는 또 다른 하드웨어 사용이 불가피하다고 이야기했다. 위원들은 징계 수준을 두고 의견이 분분했다.

한참 토론이 이어지던 중 감사실장이 참고인이 있다고 말하더니 문 앞에 대기하고 있던 직원에게 눈짓했다. 대회의실의 문이 열렸다. 이선이였다. 그는 평소와는 다르게 검은색 슈

트를 입고 있었다. 그의 표정을 읽기 위해 노력했지만, 이선은 굳은 얼굴을 한 채 단상 위에 올라오는 마지막 순간까지 나를 바라보지 않았다. 이선이 내 옆에 간격을 두고 섰다.

감사실장은 이선에게 질문을 던지기 시작했다.

"하드웨어가 어느 곳으로 타임 리프를 했는지 기록이 남아 있습니까?"

"하드웨어 최적화를 위해 히스토리 레코드 기능은 넣지 않았습니다."

"레코드 기능 외에 타임 리프 내역을 알 방법이 있습니까?"

"지금으로선 TF팀이 직접 작성하는 보고서 외에 타임 리프 내용을 알 방법은 없습니다."

기기 내에 사용 내역 기록이 저장되지 않는다는 답변에 징계위원들은 이선을 비난하기 시작했다. 이선은 동요하지 않고 묵묵히 비난을 들은 후 하드웨어의 경량화와 최적화의 관계에 대해 전문용어를 사용하며 설명했다. 한참 이선의 이야기를 들은 감사실장이 날카로운 눈빛을 두르고 이선에게 물었다.

"이회영 선임으로부터 하드웨어를 사적으로 사용했다는 얘기를 들은 바 있습니까?"

대답이 들리지 않았다. 가만히 이선을 바라보는 순간, 그와 눈이 마주쳤다. 건조해 보였지만 분명 나에게 무언가를 전하고 싶은 표정이었다. 그의 얼굴을 해석하지 못한 채 결국 이선이 먼저 입을 열었다.

“관련한 얘기를 들은 적 없습니다.”

“최이선 책임, 더는 지체할 수 없습니다. 어제 조사 과정에서 한 얘기를 말씀해 주시죠.”

감사실장은 자신이 듣고 싶은 얘기를 못 들었다는 듯 이선을 보챘고, 이선은 입술을 꾹 깨물었다가 어렵게 이야기를 꺼냈다.

“이희영 선임이 기기를 사적으로 사용하는지 알지 못한 상태에서 다른 팀원에 비해 배터리 소모 속도가 빠르다는 걸 확인하고 제가 임의로 이희영 선임의 배터리 용량을 늘려준 적이 있습니다. 하지만 전적으로 제 책임입니다.”

징계위원회 사람들의 웅성거리는 목소리가 들렸다. 이선은 내가 하드웨어로 엄마를 보러 간 걸 알면서도 숨겨주었다. 배터리 용량을 늘린 것은 왜 말하게 된 것일까. 머릿속이 복잡해서 이유를 추측할 수조차 없었다. 감사실장은 내 혼란을 기다리지 않고 위원들을 향해 보고를 이어갔다.

“이희영 선임에 대한 조사는 생각보다 시일이 걸릴 것으로 예상됩니다. 따라서 재발 방지를 위해서는 특별 조치가 필요하다고 판단했으며, 괜찮으시다면 그 방법을 지금 이 자리에서 실행하고자 합니다.”

지금까지 침묵을 지키고 있던 처장님이 입을 열었다.

"박 실장, 그게 무슨 방법입니까?"

감사실장은 대답 대신 감사실 직원에게 눈으로 신호를 보냈다. 직원들이 책상 아래에 숨겨두었던 무언가를 들고 올라와 이선의 앞에 있는 책상 위에 두었다. 책상 위에 올려진 물건은 내 하드웨어와 커다랗고 둔탁해 보이는 망치였다.

"잠시만요. 제 하드웨어를 어쩌실 생각이에요?"

불길함이 엄습한 내가 하드웨어를 향해 다가서자 직원들이 내 양옆에 선 채 두 팔을 잡아 나를 제지했다.

"하드웨어는 팀원들 각자의 얼굴 형태에 맞게 디자인되었으며, 개인의 홍채 인증 없이는 사용할 수 없습니다. 따라서 이회영 선임의 하드웨어를 즉시 폐기하는 것이 사적 사용 재발을 방지하는 가장 확실한 방법입니다. 배터리 용량을 임의로 늘린 행위에 대한 책임을 지는 차원에서 개발자가 지금 이곳에서 직접 폐기하도록 하겠습니다."

감사실장의 단호한 태도에 막을 수 없다는 생각이 들자 나는 이선에게 눈을 돌렸다. 하지만 이선은 자신의 앞에 놓인 망치와 나의 하드웨어를 가만히 바라볼 뿐이었다. 징계위원들은 근엄하게 서로의 얼굴을 바라보며 눈빛을 주고받고는 감사실장을 향해 만족스러운 듯 고개를 끄덕였다.

"최이선 책임, 어제 협의한 대로 진행하시죠."

나는 다급하게 이선에게 소리쳤다.

"부탁할게요. 제발 다시 한번 생각해 주세요. 네?"

내 목소리가 대회의실에 울려 퍼졌지만 마치 그런 건 세상에 존재하지 않다는 듯 그 누구도 귀 기울이지 않았다. 오히려 이선은 내 목소리가 신호라도 된 양 내 말이 끝나자마자 기다렸다는 듯 망치를 들어 올렸다. 나는 그 순간까지도 이선을 믿었다. 자신이 노력해서 만든 하드웨어를 직접 부수는 일을 그는 결코 할 수 없을 거라고.

쿵. 쿵. 망치가 바닥을 치는 소리와 함께 하드웨어의 조각들이 부서지는 소리가 들렸다. 나약하게 흩뿌려진 하드웨어 파편들이 대회의실 이곳저곳으로 튀었지만 아무도 동요하지 않았다. 갑작스러운 처벌에 모두 할 말을 잃었는지도 모른다. 징계위원회와 감사실장에게 하드웨어는 생명보호처가 소유하고 있는 자산 중 하나일 뿐이었다. 하드웨어든 TF팀의 팀원이든 필요하다면 얼마든지 다시 만들 수도, 뽑을 수도 있었다.

처장님 역시 안타까운 듯한 표정을 지어 보였지만 그뿐이었다. 반대 의견 따윈 내지 않았다. 자신의 의지와 뜻이 맞는다는 의미였을 것이다. 징계위원회의 징계 수위가 구체적으로 결정이 내려질 때까지 나는 정직 처리되는 걸로 결론이 내려지고 회의는 종료되었다. 대회의실에서의 시간은 내게 잊을 수 없는 또 하나의 악몽이 되었다.

어떻게든 하드웨어의 파편이라도 가져와 보려고 했지만 헛수고였다. 감사실장은 참석한 징계위원을 포함한 모든 사람을 퇴장시킨 후 대기하고 있던 청소 직원에게 바로 청소할 것을 지시했다. 나는 말 그대로 대회의실에서 쫓겨났다. 더 이상 문 앞에서 서성이는 것조차 무의미했다. 복도를 걸어가는데 누군가가 뒤에서 내 팔을 붙잡았다. 이선일 거라 생각했는데 처장님이었다.

"미안하다. 내가 처음부터 무리하게 너에게 이곳에서 일하라고 부탁한 것 같아. 당분간 아무 생각도 하지 말고 푹 쉬면서 재충전을 하는 게 좋겠어. 내가 쉴 곳은 알아봐 주……."

"당분간이 아니라 영영 쉬려고요."

나는 말을 끊으며 그에게 한 번도 내비친 적 없는 허무한 눈빛으로 처장님을 쏘아보았다. 처장님의 손이 스르륵 풀어져 흩어져 버리고 나는 그대로 뒤돌아 걷기 시작했다. 정직 상태에서 어떻게 해야 할지 감이 잡히지 않았다. 사무실로 돌아갈 수는 있는 걸까. 남 팀장님도 그날, 오늘의 나와 같은 일을 겪은 건 아니었을까. 처장님은 우리를 위한다는 말로 결국 우리 팀을 해체 지경에 이르게 만들었다. 처장님이 우리를 정말로 위했다면…….

아니, 나를 위할 수 있었던 사람은 처장님이 아니라 이선이었다. 그가 배터리 용량을 늘렸다고 얘기하지 않았다면, 하드웨어가 지금처럼 산산 조각 나지는 않았을 것이다. 이선을 향한 분노는 점점 커지기 시작해 참을 수 없는 지경에 이르렀다. 나는 발걸음을 멈추고 개발실로 방향을 돌렸다. 하지만 개발실로 가는 계단을 내려가기도 전 복도에서 이선을 마주쳤다.

인적이 드문 곳에서 누군가를 기다리는 듯한 이선의 팔을 붙잡고 막무가내로 끌고 개발실로 가려고 했다. 하지만 그가 나를 저지하며 말했다.

“개발실은 직원들이 조사하고 있어요. 이쪽으로 가서 얘기하죠.”

이선의 말투는 전과 달리 건조했다. 그는 앞서서 옥상으로 향하는 계단을 오르기 시작했다. 이선에게 왜 그렇게까지 솔직할 수밖에 없었는지 화를 내려고 했다. 하지만 차가운 그의 말투와 표정에 그가 무슨 말이라도 해주길 바라며 조용히 그의 뒤를 따라 올라갔다. 옥상은 생각보다 뜨거웠다. 이선은 옥상 문을 잠근 다음 주변 건물에 서 있는 사람들의 눈에 띄지 않도록 나를 이끌고 구조물 뒤에 기대섰다.

그는 주변을 한참이나 둘러본 후에야 나에게 나지막이 얘기하기 시작했다.

“지금은 저 원망하고 싶은 거 다 이해해요.”

“이해한다고요? 당신이 누군가를 정말로 이해할 수나 있는 사람이에요? 내가 그게 왜 필요한지 다 알면서 어떻게 모든 사람이 보는 앞에서 하드웨어를 부숴버릴 수 있어요?"

이선은 아무 말이 없었다. 마치 내 속에 있는 걸 모두 쏟아내기를 바라는 사람 같았다. 나는 속으로 원한다면 얼마든지 해주겠다고 마음먹으며 비난을 퍼붓기 시작했다.

"처음부터 나와 인간적으로 친해지고 싶다는 것도 다 거짓말이었죠? 당신은 그저 하드웨어에 대한 피드백을 더 솔직하게 듣고 싶었던 거야. 그래야 다음 하드웨어는 더 정교하게 만들 수 있을 테니까. 그런데 책임님, 당신 하드웨어 벌써 망가지고 있어요. 돌아갈 수 있는 시간도, 돌아오는 장소도 점점 엉망진창인 곳에 떨어지고 만다고요. 알아요? 당신이 만든 건 완전한 실패작이야."

내가 숨을 내쉬며 말을 마치자, 이선은 그제야 내 눈을 바라보고 입을 열었다.

"시간이 지나면 내가 이렇게밖에 할 수 없는 이유를 회영님도 이해할 거예요."

그를 믿고 싶었다. 아니, 지금으로서는 그를 믿는 것 외에 다른 방법은 없기에 원치 않아도 믿어야만 했다. 나의 하드웨어가 부서진 이상 나를 과거로 보내줄 수 있는 사람은 이선뿐이었으니까. 하지만 이제 모든 게 끝나버렸다. 이선은 태연한 얼굴로 사무실로 돌아가 짐을 챙기고 있으면 자신이 집으로 데려다줄 테니 먼저 내려가 있으라고 권했다. 건물 내에서 함께 있는 것을 들키고 싶지 않은 것 같았다.

나는 대답 없이 잠긴 옥상 문을 열고 홀로 계단을 내려갔다. 현재의 내 상황은 중요한 게 아니었다. 무엇보다 과거에서 다시 만나자고 했던 엄마와의 약속을 지킬 수 없을 것 같아 막막해졌다. 지은이 약속 시간에 나오지 않는 내가 위험에 빠졌거나 사고를 당했다고 생각하면 어떡하지. 아니면 수경의 말대로 내가 사기꾼이었다고 생각하면? 어린 지은이 또 사람에게 상처받는 것이 지금은 가장 두려운 일이었다.

사무실 문을 여니 희태가 문 앞에 바짝 서서 짝다리를 짚은 채 서 있었다. 사무실 문을 연 사람이 나라서 오히려 불안감이 커졌는지 희태가 머뭇거리며 입을 열었다.

"징계위원회…… 잘 끝나셨어요?"

"응, 그럭저럭."

희태의 물음에 건조하게 대답하고 짐을 챙기기 시작했다. 대부분의 물건이 압수되었기에 가방에 넣을 물건도 단출했다. 희태는 나의 행동에 무언가를 예감한 듯 내 움직임 하나하나를 예의 주시했다. 서랍을 열어보다 구석에 숨겨져 있어 미처 감사실에서 가져가지 않은 패드를 하나 발견했다.

"희태 씨, 이거 가질래?"

"이거 저 주셔도 되는 거예요?"

"난 이제 필요 없을 것 같아서."

자신의 불길한 예감이 적중한 듯 희태는 책상을 가로질러 내게 다가왔다. 그는 내가 건넨 패드를 받아 들자마자 책상에 그대로 내려놓고 내 손을 잡았다.

"선임님까지 갑자기 가버리시면 저는 어떡하라고요."

희태의 눈가가 반짝거렸지만 미안하다는 말밖에는 건넬 단어가 떠오르지 않았다. 사무실에 어색한 적막이 감도는 순간, 누군가가 다급하게 사무실 문을 열고 들어왔다.

"큰일 났어요! 저기!"

여자가 가리킨 곳은 건물에서 멀리 떨어지지 않은 다리 위였다. 그 다리 한가운데에 한 남자가 난간을 밟은 채 위태롭게 서 있었다. 혼자가 아니었다. 어린아이로 보이는 작은 형체 하나가 남자의 옆에 있었다. 누가 먼저랄 것도 없이 우리는 다리를 향해 달리기 시작했다. 다리 근처에는 이미 생명보호처 사람 수십 명이 모여 그 광경을 지켜보고 있었고 몇몇은 난간 위에 있는 남자를 진정시키려 애를 쓰고 있었다.

희태는 그 광경에서 시선을 거두지 못한 채 우리를 데리고 온 직원에게 질문을 던졌다.

"무슨 일이에요? 저 사람은 누구고요?"

"좀 전부터 다리 난간에 올라가서 뛰어내리겠다고 소리를 지르고 있어요. 부인이 얼마 전에 돌아가시고 힘들어서 못 버티겠다고 올라간 거래요. 같이 있는 애는 딸인 것 같은데……. 저 어린 건 도대체 왜 데려갔는지 모르겠어요."

남자 옆에 매달린 아이의 얼굴. 그제야 아이가 보였다. 아무렇지 않은 듯한 표정을 짓고 있지만 사람들의 시선이 낯설고 부담스러운 듯 아빠의 옷깃을 손으로 꼭 쥐고 있었다. 아이의 움직임을 살펴보는데 분명 나와 두 눈이 마주쳤다. 아이의 얼굴이 내 눈 속으로 선명하게 들어왔다. 그제야 아이와 만난 적이 있다는 걸 깨달았다.

"저 아이……."

내가 희태를 향해 말을 건네는데 희태 역시 그들이 누군지 알아보고 먼저 대답했다.

"맞죠? 장례식 때 봤던……."

얼마 지나지 않았는데도 아이는 전보다 핼쑥한 얼굴로 말라 있었다. 두려움을 머금고도 덤덤하게 서 있으려고 노력하는 모습이 여덟 살의 나와 겹쳐 보였다. 나는 우리에게 상황을 알려준 직원에게 119에 신고했는지 물었다. 직원은 전화는 했지만 근처 사거리 교통사고로 오는 시간이 지체되고 있다고 답했다. 희태가 다리 위 남자를 향해 소리치기 시작했다.

"선생님, 무슨 일인지는 모르겠지만 우선 진정하고 내려오세요!"

"열심히 살수록 힘만 드는데 내가 지금 진정하게 생겼습니까?"

희태와 다른 직원들이 말을 할수록 남자의 분노는 더욱 커졌다. 그럴 때마다 난간 옆 구조물을 쥐고 있는 남자의 손이 조금씩 미끄러졌다. 희태를 말려야 할지 고민을 하는데, 희태의 입에서 듣고 싶지 않은 그 단어가 튀어나왔다.

"아저씨, 자살 방지법 아시죠? 이지은 법이요! 함부로 뛰어내리고 그러시면 안 돼요! 처벌받는다고요!"

순간 갑작스럽게 맞이한 참담한 감정으로 누군가의 마음을 헤아릴 여유가 사라져 버렸다. 간신히 붙잡고 있던 무언가가 내 안에서 먼지처럼 사라진 기분이 들었다. 남자가 다시 소리를 질렀다.

"내가 죽고 싶어서 죽겠다는데, 법이 다 무슨 소용 있냐고!"

구조물에서 손을 떼고 삿대질을 하는 순간, 다리 위에 순간적으로 세찬 바람이 불었다. 다리 아래 서 있는 우리마저 몸을 제대로 가누기 힘들었고, 다리 역시 좌우로 심하게 흔들렸다. 남자는 급히 구조물을 잡았지만, 아이는 그러지 못했다. 아빠의 옷을 붙잡고 있던 작은 손이 바람결에 휘청한 아빠의 옷소매를 놓쳐버렸다. 아이는 외마디 비명도 지르지 못하고 아래로, 아래로 떨어지는 자신의 몸을 바람에 맡긴 채 자신의 운명에 순응하듯 추락했다.

"안 돼!"

강물은 그대로 아이를 삼켜버렸다. 물속으로 떨어지며 빚어진 물결에서 작게 첨벙 소리가 나더니 아이는 이내 모습을 감추었다. 갑작스러운 사고를 목격한 사람들은 놀라 여기저기서 소리를 질렀다. 희태에게 무슨 말이라도 하고 싶었지만 입이 떨어지지 않았다. 이 많은 사람 가운데 나 혼자 다른 세상으로 들어온 듯한 착각과 함께 귓가에 음성이 들리기 시작했다.

'외로워요.'

누구의 목소리인지 알 수 있었다. 여덟 살의 회영이었다. 몇 번째 만났을 때 나누었던 대화인지는 기억나지 않는다. 그 나이에도 외롭다는 게 어떤 감정인지 사무치게 절감하고 있었다는 사실을 내 귀로 듣게 되어 마주한 놀라움을 기억하는 것뿐.

'외로워요.'

'외롭긴. 회영이 곁엔 엄마가 있잖아.'

'엄마는 너무 바쁘고 내 생각 안 할 때도 많잖아요. 내 생일에도 안 오는 것처럼.'

어른의 나는 막연히 어렸을 땐 행복한 기억만 있었다고 착각했지만, 사실이 아니었다.

'근데 너 외로운 게 어떤 느낌인 줄 알아?'

어린 회영의 눈동자가 왼쪽 오른쪽으로 몇 번 배회하더니, 마침내 입이 열렸다.

'세상에 혼자 있는 느낌? 내가 불 속이나 물속에 갇혀 있어도 달려와 줄 사람이 아무도 없을 것 같은……. 그런 거요.'

왜 그 목소리가 들려왔을까. 누군가가 그 속에서 나를 부르는 것처럼 나도 모르게 재킷과 구두를 벗어 던지고 그대로 강물 속으로 뛰어들었다. 희태가 나를 말리는 소리가 멀리서 들려왔지만 나는 물속으로 잠수해 물 아래 가라앉은 아이를 향해 헤엄쳤다. 희태가 그 모습을 보고 다리에 매달려 있던 구명 튜브를 내 쪽으로 던졌다. 내 손이 구명 튜브와 아이의 손에 닿을 듯 말 듯 자꾸 놓쳐버렸다. 숨이 차올라 더 이상 숨쉬기가 어려웠다. 힘이 점점 빠져나가 더 나아갈 수 없다고 생각한 순간, 차가운 물속 아이의 작은 손이 내 손 안으로 들어왔다.

○●○

눈을 떴을 땐 이미 병원에 실려 오고 하루가 지났을 때였다. 반대편 의자에 불편하게 앉아 있던 이선과 희태가 곧바로 침대로 달려왔다. 나는 아이의 행방을 물었다. 이선은 눈빛으로 건너편 병실을 가리켰다. 작은 유리창 너머로 잠들어 있는 아이의 모습이 보였다. 희태가 아이의 아버지는 자살 방지법과 아동 학대죄로 경찰서에 연행되었다고 했다.

"다원이가 참 안됐죠. 이런 일 겪기에 너무 어린 나이인데……."

이선과 희태는 내가 깨어나고도 한참을 병실에 머물렀다. 간호사가 병실에 들어와 면회 종료 시각을 알리자 그제야 다시 오겠다는 말을 남기고 돌아갔다. 두 사람이 떠나고 시간을 확인하려 D를 만지려는데, D 대신 메마른 손목이 만져졌다. D가 사라졌다는 사실을 깨달았지만 반응할 힘이 남아 있지 않았다. 1인 병실에 멍하니 누워 한참 적막을 지키다 잠이 들었다. 짧은 사이 셀 수 없이 많은 악몽과 현실 사이를 오가며 홀로 밤을 버텼다.

잠이 달아난 시각은 자정 무렵이었다. 나는 몸을 일으켜 문을 열고 나왔다. 반대편 병실을 바라보며 아이의 흔적을 살펴보았지만 모습이 보이지 않았다. 병실로 돌아가려는데 불 꺼진 병원 복도 끝에 자판기 하나가 보였다. 근처에 아이가 서 있을까 하는 마음으로 천천히 걸어가 보았지만 그곳에도 아이는 없었다. 풀썩 소리를 내며 자판기 앞 의자에 앉아버렸다. 커피를 마시고 싶은 마음에 주머니를 뒤져보았지만 병원복 주머니엔 천의 감촉만 느껴졌다.

처음 만났을 때 아이가 그랬던 것처럼 우유 버튼을 가볍게 눌러보았다. 그때, 누군가 뒤에서 문을 두드리듯 내 등을 톡톡 두드렸다. 다원의 얼굴을 보자마자 하마터면 아이를 껴안을 뻔했다. 아이는 나를 기다리고 있었던 것처럼 미소를 지으며 동전을 건넸다. 나는 우유를 뽑아 다원에게 건넸지만, 아이는 좀 전에 마셨다며 기어이 종이컵을 내 손에 쥐여주고는 옆에 앉아 말을 걸기 시작했다.

"이모, 살려주셔서 감사해요."

아이는 부끄러운지 내 얼굴 대신 정면을 보고 있었다.

"아니야, 그냥 이모가 하는 일인데……."

나도 칭찬에는 익숙지 않아 괜스레 우유를 마셨다. 아이는 생생히 기억나는 듯 두 손으로 제 병원복 바지를 움켜쥐며 말했다.

"이건 비밀인데, 그때 안 무서운 척하려고 했는데……. 사실 무서웠거든요. 근데 물속에 빠졌을 때 이모 얼굴을 보니까 안심이 되면서도 조금 슬펐어요. 이모가 나 때문에 위험해지는 건 아닐까 생각해서……."

나는 종이컵을 내려둔 다음, 고사리 같은 아이의 두 손을 잡았다. 우리는 그 자리에 앉아 동전이 모두 떨어질 때까지 따뜻한 우유를 나눠 마셨다.

다음 날, 평상복으로 갈아입고 퇴원을 준비하고 있는데 문 밖에서 노크 소리가 들렸다. 이선이었다. 희태와 셋이 있을 때는 별일 없었던 것처럼 웃고 얘기를 했는데, 옥상에서 이야기를 나눈 이후 단둘이 있는 것은 처음이라 어떤 얼굴로 그를 대해야 할지 혼란스러웠다. 이선은 별말 없이 가방을 들어주었고 하는 수 없이 먼저 말을 시작한 것은 내 쪽이었다.

"괜찮아요, 제가 들게요."

이선은 나의 가방을 놓지 않고 대답했다.

"회영 님, 아직 완쾌된 것도 아니에요. 의사 선생님께서 물에 빠졌을 때 다리에 타박상이 생겼다고 하셨어요."

듣고 보니 왼쪽 다리가 예전처럼 자유롭게 움직이지 않았다. 나는 잡았던 가방을 이선에게 넘겨준 후 그와 함께 걸었다.

"아, 이거 잃어버렸는지도 몰랐죠?"

주차장으로 향하던 중 이선이 주머니에서 D를 꺼내 내 손목에 채워주며 말했다.

"회영 님 손목에 있는 시계가 스마트워치인 줄도 모르게 고장 났을까 봐 가져가서 건조했거든요. 근데 멀쩡하더라고요. 제가 충전까지 해놨어요."

나는 손목에 채워진 D를 바라보며 대답했다.

"감사해요."

"어? 회영 님 음성 인식하고 켜지는 건가 봐요."

나는 고개를 끄덕였지만, D는 잠깐 초록색 불빛을 반짝이고는 다시 슬립 모드로 들어갔다.

이선은 내가 입원한 동안 회사에서 일어난 싱거운 일들을 조곤조곤 설명해 주다가 무언가 할 말이 남았는지 걸음을 멈추었다. 나도 그의 발걸음에 맞춰 차 앞에 섰다. 그제야 부드러운 붉은빛과 선명한 푸른빛을 반씩 머금은 하늘이 쏟아져 내리는 듯한 풍경이 눈에 들어왔다.

이선은 목소리를 가다듬은 후 이야기를 시작했다.

"하드웨어 부순 건 정말 죄송했어요. 그런데 사실…… 하드웨어는 고장 나지 않았어요."

하마터면 그 자리에 주저앉을 뻔했다. 이선이 놀란 얼굴로 내 팔을 부축했다. 나는 이선의 팔을 붙잡고 물었다.

"그때 분명히 망치로 부쉈잖아요. 그런데 어떻게 고장이 안 나요?"

"산산 조각 난 건 하드웨어가 아니라 모형이에요. 똑같이 만든……."

이선은 자신이 먼저 처장님을 찾아가 가짜 하드웨어를 부수자고 건의했고, 감사실장은 물론 나까지 모두 속이고 밤새 똑같이 생긴 모형을 만들어 징계위원회에 가져간 것이었다.

이선이 자신이 저지른 돌발 행동을 고백하는 사이 어느새 차는 우리 집 앞에 도착해 있었다. 진짜 하드웨어의 행방을 묻고 싶었지만 차마 면목이 없어 입이 떨어지지 않았다. 나는 고맙다는 인사를 짧게 하고는 차에서 내렸다. 이선이 차에서 급하게 따라 내린 후 내 손바닥 위에 무언가를 올려놓았다. 작고 네모난 출입 카드였다. 이선이 입을 열었다.

"하드웨어는 제 개발실 안에 있어요. 지금은 충전 중이고요. 회영 님이 허투루 쓰지 않을 걸 믿으니까 알려드리는 거예요. 전 회영 님 믿으니까."

세상에서 나를 가장 믿고 있는 건 나 자신이 아니라 이 사람일지도 모른다는 생각이 들었다. 사양하지 못한 채 그대로 출입 카드를 가방 속에 넣고, 행여 이선의 마음이 바뀔까 봐 도망치듯 집에 들어갔다. 가방 안에 있던 물건을 모두 거실 탁자 위에 꺼내놓고 씻고 나왔지만 아직도 D는 잠들어 있었다.

수건을 젖은 머리에 올린 채 의자에 앉자 D가 노란 불빛을 깜박이며 내게 경고했다.

〈그 개발자란 사람 생각보다 위험한 사람이에요. 더 이상 친해지지 마세요.〉

"왜 그렇게 생각하는데?"

〈회영 님에게 하드웨어를 다시 사용하라고 출입 카드까지 주는 사람이잖아요. 게다가 저를 이리저리 분해했다고요. 제 허락도 없이.〉

"스마트워치 분해하는 데 허락까지 필요한 거였어? 그리고 책임님은 네가 젖은 줄 알고 건조하느라……."

〈그렇게 능력 좋은 개발자가 스마트워치에 방수 기능 있는 걸 몰랐을까요?〉

D가 나를 걱정해서 하는 얘기인 줄 알면서도 냉정한 말투에 마음에 없는 말들이 입 밖으로 튀어나왔다.

"본인 정보가 새어 나갈까 봐 내 걱정은 하나도 안 되나 봐. 희태 씨, 책임님까지 주변 사람들은 다 내 걱정뿐이던데……. 그래서 내가 널 기계 이상으로 생각할 수 없는 거야."

〈……죄송해요. 몸은 괜찮아요?〉

D는 언제나 나를 보호하는 게 존재의 이유라도 되는 양 최우선으로 삼고는 했다. 하지만 D는 지금 내 안부보다 이선이 자신에게 무슨 짓을 했는지 블랙박스 기능을 통해 확인하는

데 급급했다. 더는 D와 할 말이 없어 자리에서 일어나려는데, 멍이 든 왼쪽 다리가 욱신거려 저절로 몸이 한쪽으로 기울었다.

〈약 안 드세요?〉

약봉지에 무슨 약이 들어 있는지 이제는 궁금하지 않았다. 나는 대답 대신 그대로 거실의 불을 꺼버리고는 방으로 들어갔다. 나의 거부 의사에도 아랑곳하지 않고, D가 내 등 뒤로 소리쳤다.

〈회영 님, 남들이 아닌 자기 자신을 믿어요.〉

○●○

불빛 하나 없는 어둠. 그 어둡고 막막한 곳에서 엄마는 언제나 그렇듯 고개를 숙인 채 울고 있다. 오늘따라 울음소리가 더욱 서럽게 들려왔다. 나는 그럴 수 없단 걸 알면서도 엄마에게 다가가려 하는데……. 어? 몸이 움직인다. 내 팔과 다리 모두 자유롭다. 신기한 듯 내 두 손을 쳐다보고 달려가 엄마를 안아보려는 순간, 엄마는 증오에 휩싸인 눈빛으로 나를 노려보았다. 놀란 나는 뒷걸음질 치려고 했지만 이미 엄마의 팔에 붙잡혔고, 엄마는 품에 안긴 내 목을 기어이 조르며 소리를 질렀다.

"너 때문이야! 다 너 때문이야! 네가 태어나서 내가 포기한 게 얼마나 많은 줄 알아? 나쁜 년. 넌 나도 죽이고, 다른 사람들 모두를 죽인 살인자야! 다 네가 죽인 거야!"

절규하는 엄마의 얼굴이 너무나 생생해서, 엄마가 날 아끼고 사랑했다는 사실마저 모두 내 착각이었던 것만 같았다. 그래, 난 나쁜 년이야. 나 같은 건 죽어야 해.

엄마에게 몸을 맡기는 순간 꿈에서 깨어났다. 새벽 2시가 조금 넘어 있었다. 꿈속에선 흐르지 않았던 눈물이 눈과 볼을 적시고 있었다. 현실에서 살아간다는 것이 이젠 내게 견디기 힘든 고통이 되어버렸다. 내가 해야 할 일은 정해져 있었다. 어쩌면 생명보호처에 들어온 순간부터 정해져 있었는지도 모른다. 다시 과거로 돌아가 엄마가 나를 낳지 않도록 막는 것. 그래야 사랑하는 엄마가, 미혼모로서의 불행한 삶이 아닌, 꿈과 희망을 머금은 이지은으로서의 삶을 살아갈 수 있다는 게 내가 내린 결론이었다. 설사 그것으로 내가 이 세상에서 사라진다고 해도 달라질 건 없다. 내가 없어진다면, 현실에서 생명보호법을 위반한 죄를 물을 사람도 없어지는 거겠지.

침실 불을 켜는 순간 방의 광경이 둥실 떠올랐다. 이 방을 바라보는 마지막 순간이라고 생각하니 방 안 곳곳이 빠짐없이 애틋했다. 나는 빠르고 조용하게 준비를 시작했다.

〈괜찮아요?〉

D를 설득시키면서 개발실까지 갈 여유가 남아 있지 않아 대답을 피한 채 겉옷을 입고 현관문으로 나서는데, 다급한 목소리가 들려왔다.

〈회영 님이 없어지면 제 존재 이유가 없어지는 거예요. 그러니까 같이 가요. 부탁할게요. 네?〉

그 말의 의미를 나는 D보다 더 잘 알고 있다. D가 나 없이 제대로 살 수 없듯, 나도 엄마가 없는 곳에서 아무리 발버둥쳐 보아도 계속 살아가야 할 의미를 찾을 수 없었으니까. 그런 내게 D가 없었다면, 3년이라는 시간을 버티기 어려웠을 것이다. 처장님의 명령에 따라 나를 감시하든, 나와 다른 인간이 친밀해지는 것을 방해하든 상관없었다. 그럼에도 D가 날 아껴왔다는 사실만은 변하지 않는 진실일 테니.

D를 손목에 채우고 집을 나섰다. 자율주행 자동차는 기다

렸다는 듯 텅 빈 도로 위에서 스스로 속도를 높였다. D는 내게 걱정도, 위로도, 아무 말도 하지 않았다.

생명보호처 건물의 조명이 모두 꺼져 있었다. 나는 주차장에 차를 대고 입구를 향해 걸어갔다. 입구가 막혀 있다면 담이라도 넘을 계획이었지만, 아직 처리가 안 된 건지 출입용 화면에 동공을 인식하자 입구가 열렸다. 개발실로 내려가는 계단에서 누군가가 쫓아오는 것 같은 느낌이 들어 꺼림칙했지만, 그냥 기분 탓이라고 생각했다. 개발실 문 앞에 카드 키를 대고, 이선이 알려준 비밀번호도 함께 입력했다. 조용한 가운데 문이 열리는 소리가 복도를 울렸다.

개발실 안 테이블 위에 놓인 하드웨어가 눈에 들어왔다. 나는 하드웨어가 부서지지 않은 것을 믿을 수 없어 새삼스레 만져보았다. 업무 과정에서 마모된 부분까지 알아볼 수 있는, 분명 진짜 나의 하드웨어였다. 나는 하드웨어를 착용하고 스마트폰을 조작하기 시작했다. 그때 누군가가 나를 향해 소리쳤다.

"그거 내려놔요."

또 감사실 직원인가. 뒤를 돌아보니 예상과는 다른 인물이었다.

"희태 씨가…… 이 시간에 왜 여기 있는 거야?"

"선임님께서 이렇게 계속 기기를 사용하실 줄 몰랐어요. 감사실에 신고하면 그땐 좀 달라지실 줄 알았어요."

"그럼 감사실에 신고한 사람이 희태 씨였어?"

"그렇게 해야 다시 선임님과 함께 일할 수 있을 거라 생각했으니까요. 그러니까 그거 다시 집어넣으세요. 오늘 본 건 아무한테도 얘기 안 할게요. 네?"

나는 하드웨어를 얼굴에 쓴 채 희태와 대치했다. 나를 노려보는 희태는 단호했다. 그러나 우리 팀과 우리가 구할 사람을 위하는 희태의 마음도, 엄마를 구하고 싶은 내 마음보다 절실할 수는 없었다.

"희태 씨한텐 정말 미안한데…… 나 돌아가야 해."

희태가 얘기하는 동안 미리 조작한 스마트폰의 확인 버튼을 눌렀다. 눈치챈 희태가 내 쪽으로 뛰어드는 것이 보였다. 눈을 질끈 감는 순간, 어지러움이 시작됐다. 희태의 목소리가 서서히 멀어지는 게 느껴지자 비로소 나는 안도했다.

○●○

어떤 환상은 현실보다 더 진짜 같다. 예를 들면, 몇 번이나 돌아오는 이 옥상 같은 곳. 나는 이 옥상을 머릿속으로 생생하게 떠올리곤 했다. 비가 온 지 얼마 안 되었는지 축축한 시멘

트 냄새가 코로 들어왔다. 무의식중에 아픈 왼쪽 다리로 딛느라 휘청했지만 넘어지지 않아 다행이었다.

"이제 여기서 그쪽 안 보이면 되게 어색한 거 알아요?"

건축가가 아는 체를 하며 걸어왔다. 시계를 보니 엄마와 약속한 시각보다 겨우 30분 일찍 도착했기 때문에 서둘러 학교로 가야 했다. 나는 그를 지나쳐 옥상 계단을 빠르게 내달렸다. 남자의 고집도 보통은 아닌지 달리는 내 속도를 따라잡고 옆에서 나란히 달리며 말을 걸었다.

"오늘 저녁에 혹시 시간 있어요? 저번에 얘기한 닭 한 마리 집 있잖아요. 며칠 전에 친구랑 가봤는데 확실히 맛집 맞더라고요. 거기 같이 갈……."

"회영 님."

누군가가 내 이름을 불렀다. 마치 오래전부터 나를 기다린 사람처럼. 평온한 얼굴로 내 이름을 부른 사람은 이선이었다. 예기치 못한 장소에서 그를 만난 나는 놀라 걸음을 멈추었다. 뒤를 돌아보니 나를 쫓아오던 건축가와 행인들, 4차선 도로 위를 달리는 자동차까지, 이선과 나를 제외한 모든 것들이 멈춰 있었다.

"책임님이 여긴 어떻게……."

"말도 없이 쫓아와서 죄송해요. 근데 돌아가야 해요. 회영 님한테 못 했던 이야기도 있고요."

나는 이선의 재킷 주머니에 꽂혀 있는 하드웨어를 보았다.

"며칠 전에 만들었어요. 상부에서 비상시를 대비해 하나 만들어놓으라고 해서."

"여긴 어떻게 알고 온 거예요?"

"그건 나중에 설명해 드릴게요. 회영 님이 얘기한 대로 하드웨어가 불안정해요. 언제 배터리가 방전되거나 타임 리프가 불가능하게 될지 현재로서는 알 수가 없어요. 지금 같이 돌아가야 해요."

이선이 내게 손 하나를 내밀었다. 투박하지만 길고 하얀 손이 나를 부르고 있었다. 언젠가 누군가의 손이 절실히 필요했던 적이 있었다. 혼자서는 아무리 발버둥을 쳐도 그 무엇도 벗어날 수 없었기에, 함께해 줄 사람을 내려달라고 믿지 않는 신을 향해 간절히 기도한 적도 있었다. 나는 두 손으로 이선이 내민 손을 감싸 쥐며 말했다.

"지금은 아니에요. 여기에서 제가 꼭 할 일이 있어요. 끝나고 나면 어떻게 해서든 돌아갈게요. 약속해요."

이선은 형언할 수 없는 감정들이 한 번에 쏟아진 듯 아무런 말도 꺼내지 못했다. 하지만 그가 확신하는 게 하나 있었다. 그 무슨 말로도 지금 나를 설득해 데려갈 수 있는 방법은 없다는 것.

"그 약속 꼭 지켜야 해요."

이선과 건축가를 두고 나는 뒤돌아 걷기 시작했다. 바람조차 불지 않는 모든 것이 멈춘 거리를 혼자 걷기 시작했다. 걸음은 조금씩 빨라지고, 어느새 세상은 움직이기 시작해 일상의 소음을 만들고 있었다. 나는 이선과 한 약속을 지킬 수 있을까. 엄마가 내게 했던 약속들, 엄마의 목소리가 내 머릿속을 꽉 채워 기세등등하게 나를 둘러싸고는 영원히 함께할 기세로 곁을 떠나지 않았다.

캠퍼스 언덕에 도착한 시각은 약속 시각보다 5분 늦은 시각이었다. 헉헉거리며 올라가는 동안 벤치에 앉아 있는 지은의 뒷모습이 보였다. 들숨과 날숨을 가르며 미안하다는 사과와 함께 어깨를 짚었더니 뒤돌아본 여자는 지은이 아니었다. 나는 당황해 죄송하다고 인사를 하고는 허둥지둥 자리를 떴다.

혹시라도 길이 엇갈릴까 불안한 마음에 언덕을 오르는 초입에 있는 벤치에 앉아 엄마를 기다리기로 마음먹었다. 벤치에 앉았다가, 벤치 옆에 서 있다가, 또는 벤치가 겨우 보일 만큼 떨어진 주위를 배회하며 기다렸지만 아무리 기다려도 지은은 보이질 않았다. 오늘따라 태양이 짧은지 어느새 땅거미가 지려고 했다. 더는 기다릴 수 없어 언덕을 내려갔다. 동아리방에 찾아가 보았지만 많은 사람이 북적이는 그곳에서도 지은의 모습은 보이지 않았다.

〈회영 님, 심박수가 지나치게 올라가고 있어요. 무리하지 말고 앉아서 쉬어요.〉

D가 말했다. 대학생들은 삼삼오오 모여 자기들끼리 웃고 떠드느라 손목시계에서 들리는 사람 목소리엔 관심이 없었다. 나는 D의 말을 듣지 않고 잔디밭을 가로지르며 지은을 찾아 헤맸다. 한참을 정신없이 캠퍼스를 배회하던 중 몰려 있는 사람들 사이에서 민호를 부르는 목소리가 들렸다. 나는 주위를 둘러보았다. 바로 옆 농구 코트에서 지은이 얼굴을 붉혔던 남자가 친구들과 쉬는 중이었다. 친구 중 하나가 민호의 팔을 치며 장난스럽게 물어보았다.

"너 여자 친구 생겼다며?"

"소문이 벌써 났어?"

"여자랑 학교 안에서 그렇게 손을 잡고 다니는데, 그게 소문이 안 나?"

"야, 좋은 걸 어떻게 숨기냐."

민호는 친구들에게 너스레를 떨며 이온 음료를 마셨다. 남자가 웃는 모습을 보자 화가 치밀어 오르기 시작했다. 나도 모르게 남자를 노려보며 그를 향해 걸어갔다. 민호 역시 심상치 않은 얼굴로 다가오는 나를 경계했다. 먼저 말을 건 것도 내가 아니라 민호였다.

"누구세요?"

"여자 친구 이름이 뭐예요?"

"그쪽이 누군데 제 여자 친구 이름을 물어봐요?"

"여자 친구 이름이 뭐냐고요. 이지은?"

남자가 어이없다는 듯 실소를 터뜨렸다. 그 웃음에 나는 폭발하고 말았다.

"왜 대답 안 해요? 대답해! 당장 대답하라고!"

나도 모르게 민호의 멱살을 잡았다. 하지만 남자의 저항에 밀쳐져 넘어진 건 내 쪽이었다. 주변에 앉아 있던 사람들이 소란에 하나둘씩 모여들기 시작했지만 그런 것에 신경 쓸 겨를이 없었다. 이번에 민호를 막지 못하면 다시는 기회가 오지 않을 거란 예감이 들었다. 나는 일어나 다시 그에게 덤비기 시작했다. 민호가 나를 어쩌지 못하는 사이 그의 친구들이 내 팔을 한 쪽씩 붙잡아 민호로부터 멀리 떼어냈다. 나는 분함을 이기지 못해 씩씩거리며 남자를 노려보았다.

그때 멀리서 지은의 목소리가 들렸다.

"선배님!"

놀란 지은은 남자들에게 붙잡혀 있는 내 팔을 붙잡고 주변을 둘러싼 학생들에게 가라고 손을 흔들었다.

"선배님, 여기서 뭐 하세요?"

지은이 나와의 약속을 잊었다는 사실이 내게는 큰 충격이었다.

"나랑 여기서 만나기로 약속했잖아. 잊었어?"

지은은 황당하다는 표정을 지으며 단호한 말투로 따지기 시작했다.

"그건 세 달 전이잖아요. 선배님이 그다음 날 만나자고 하셔서 하루 종일 기다렸는데 안 나오셨잖아요. 제가 얼마나 걱정했는데요. 근데 이제야 나타나고, 여기에선 지금 뭐 하세요?"

지은의 얘기에 나도 모르게 주변을 둘러보았다. 선선한 바람도, 뜨겁지 않은 열기도, 전과는 바뀌어 있는 나무에 매달린 이파리의 빛깔도 캠퍼스의 계절이 전과 달라졌음을 증명하고 있었다.

그때 키가 큰 남자가 지은의 옆에 섰다. 건축가였다. 나는 놀라 팔을 툭 떨구었다. 지은은 놀란 내 표정을 보고는 배시시 부끄러워하며 건축가를 내 앞에 밀었다.

"아시죠? 저번에 동아리방에서 봤던……. 선배님이랑 약속했던 날 동아리방에 선배님 그림을 찾으러 갔다가 다시 만나서……. 이렇게 됐어요. 제 남자 친구 민호예요. 김민호."

내가 그토록 찾아 헤맨 민호가 이 사람이라니. 남자는 분위기를 풀려는 듯 얄궂은 얼굴로 내게 말했다.

"뭐예요. 아깐 저녁이면 여기 없을 거라고 해서 집에 돌아가는 건 줄 알았잖아요."

지은은 놀란 눈을 하고 민호에게 되물었다.

"둘이 따로 만난 적 있어?"

민호가 지은의 손을 잡으며 대답했다.

"우리 둘을 인연으로 이어주신 분이니까 밥이라도 사드리려고 했지."

"듣고 보니 그렇네! 선배님, 우리 같이 밥 먹으러……."

나는 어느새 다가와 내 팔짱을 끼는 지은의 손을 뿌리쳤다.

"만나지 마."

지은의 표정이 굳어지고 내 팔짱을 꼈던 손이 축 늘어졌다. 그리고는 아무 말 없던 그녀가 나를 보고 냉랭한 얼굴을 한 채 입을 열었다.

"진짜 D.Y.D 선배가 저랑 그쪽이랑 같이 있는 거 보고 누구냐고 물어보더라고요. 동아리 선배 아니죠? 누구세요?"

나는 아무 말도 할 수 없었다. 이 악몽 같은 상황을 꼼짝없이 그저 바라보는 수밖에는……. 지은은 거기서 멈추지 않고 나를 끝까지 몰아붙였다.

"혹시 제 남자 친구 좋아하세요? 그래서 저 쫓아다니면서

훼방 놓은 거예요?"

민호가 당황해 지은의 팔을 붙들고 말려보았지만, 지은은 그만둘 기색이 보이지 않았다. 주변에 사람들은 점점 더 몰려들었다.

"그 사람 단 한 순간도 좋아한 적 없어."

나의 부정에도 지은은 그 어떤 말도 믿어주지 않을 기세로 달려들었다.

"그것도 아니면 왜 제 연애 방해해요? 저랑 잘 아는 사이도 아니면서. 제가 행복해지는 게 싫어요?"

몇 번 만나지 못했지만 어린 엄마와 내가 공유했던 감정만큼은 진짜였다. 나는 지은을 진심으로 사랑했고, 지은이 행복하길 바랐다. 그렇기에 더욱 지은에게 진실을 알려줄 수밖에 없다고 생각했다.

"행복해지고 싶댔지? 저 사람이랑 만나면 행복하지 않을 거야. 단란한 가족을 만들 수도 없고, 자식을 낳아도 함께 불행해지기만 할 거라고."

지은과 민호가 단호한 나의 대답에 놀랐는지 말을 멈추었다. 지은이 민호가 필요한 듯 손으로 허공을 휘젓자 민호가 지은의 손을 꼭 잡아주고는 어깨를 감싸 안았다. 내가 두 사람 사이를 가로막는 악당이라도 된 것 같았다.

"나한테 직접 물어봤어요? 내가 불행한지?"

지은은 내 눈을 똑바로 바라보며 물었다. 내 대답을 바라는 게 아니었는지 울분을 토하듯 말을 이어갔다.

"어쩌면 슬프고 불행한 순간도 있겠죠. 그런데 난, 한순간이라도 행복하니까 그 길을 선택하는 거예요. 남들이 지금까지 내 인생이 불행했을 거라고 깎아내려도, 난 분명 내 인생에서 최선을 다하고 그 안에서 행복했어요. 다시 물어볼게요. 나한테 그런 삶이 불행했다고 한마디라도 들은 적 있어요?"

"당신은 나중에……."

차마 입 밖으로 엄마의 미래를 꺼낼 수는 없었다. 지은의 얼굴이 단호했기 때문에 내가 그에게 진실을 모두 말해준다고 해도 결심을 꺾을 수 없다는 걸 깨달았다. 사라져야 할 사람은 민호가 아니라 나구나. 나는 두 사람을 두고 한두 걸음씩 뒷걸음질을 치기 시작했다. 민호가 가까이 다가오며 내게 말을 건넸다.

"내가 왜 안 되는 건가요? 직업이 별로여서요? 아니면 지은 씨가 대학생이라? 내가…… 지은 씨한테 잘해도 안 되는 거죠? 나 정말 잘할 수 있을 것 같은데……."

자신들의 사랑에 내 허락이 필요한 것처럼 민호는 내 대답을 갈구했다. 둘의 사랑을 응원해 주지도, 막을 수도 없는 내 처지가 비참하고 우스웠다.

"나, 뭐든지 다 극복할 거예요. 열심히, 건강하게, 지은 씨랑 행복하게 살게요."

"난 싫어요. 이지은 씨 불행하게 하지 말고 놓아줘요."

아빠로 만난 민호에게 남긴 마지막 이야기였다. 어느새 우리를 둘러싸고 있는 수십 명의 인파를 헤치며 나는 도망치듯 빠져나갔다. 아무도 나를 쫓아오지 못하도록 막 출발하려는 캠퍼스 순환 버스에 올랐다.

지은이 말한 것처럼 그것이 자신의 선택이었다는 대답에 더는 할 수 있는 말이 남아 있지 않았다. 불행마저도 끌어안을 수 있는 행복. 미래에 느낄 감정을 미리 재단해 보고 알려준다는 게 지은에겐 의미가 없어 보였다. 서랍 속에 고이 모아놓은 그 짧은 편지마저 찰나의 행복이 얼마나 진했는지를 보여주는 증거였을지도 모른다. 그때, 자리에 앉아 있던 누군가가 내 이름을 불렀다.

"이회영 씨 맞죠?"

수경이었다. 우리는 다른 학생들과 함께 버스의 종착역에서 내렸다. 대학교 정문 앞에 있는 분수대에서 뿜어져 나오는 물줄기. 그 물줄기를 벗어나 흩어지는 물방울들이 손바닥만 한 무지개를 만들어내고 있었다. 당장이라도 지은에게 돌아가 안긴 채 말하고 싶었다. 엄마의 캠퍼스는 기억에서 지울 수 없을 정도로 눈부시게 아름답다고.

"……."

수경이 나를 바라보았다. 분명히 내가 자신보다 나이가 많은 것을 알고 있음에도 사랑스러운 어린아이를 앞에 둔 듯 애틋한 눈빛이었다. 나도 모르게 수경의 눈을 피했다. 그냥 모든 게 부끄러웠다. 선배인 척하는 내가, 실은 시공간을 넘나들며 타인의 인생을 망치는 성숙하지 못한 인간이라는 사실을 들킬까 봐 초조해졌다.

"지은이는 몰라요. 자기가 선배님이 누군지 모른다고 하면 민망해할까 봐 아직 선배님 이름도 못 물어봤다고 했어요. 회영이라는 이름, 꽃길만 걸으라는 뜻 맞죠?"

확신에 찬 수경의 이야기에 나도 모르게 놀라 벤치에서 일어섰다. 수경은 그럴 줄 알았다는 듯 말을 이었다.

"고등학교 때 지은이랑 아기 이름도 지어놨었거든요. 그래서 처음 이름 들었을 때 놀랐던 거예요. 지은이가 나중에 어른이 되어서 딸이 생기면 지어줄 이름이랑 똑같아서."

수경이 나에 대해 어디까지 알고 있는지 혼란스러웠다. 수수께끼 같은 수경의 이야기를 들을수록 머리가 어지러운 것 같았다. 뭐라고 질문을 더 해야 할지 말을 고르는 와중에 수경이 먼저 말을 꺼냈다.

"그쪽이 어떻게 왔는지 알아요. 미래의 저도 이곳에 오거든요. 아주 가끔이지만……."

과거로 여행하는 다른 사람이 있을지도 모른다고 짐작은

했었지만, 그 사람이 처장님일 거라고는 생각지도 못했다.

"처장님을…… 만난다고요?"

"할머니께서 예전에 생명보호처장 직위를 맡으셨다고 들었어요. 아, 할머니가 아니라 미래의 저라고 해야 하나."

고등학교 3학년 꽃샘추위가 한참이던 무렵, 어린 수경은 하드웨어를 이용해 찾아온 40년 후의 자신을 처음 보았다. 미래 자신의 모습을 본다는 건 신기하면서도 상상보다 서글픈 일이라고 했다. 사춘기 학생이 인정하기에는 퍽 부담스러운 일이었을 것이다. 하지만 어린 수경은 자신의 미래를 위해 전보다 더욱 열심히 공부했다. 그리고 가끔 자신을 찾아오는 할머니에게 자신의 성취에 대해 묻고 또 물었다고 했다. 가장 친한 친구인 지은의 미래나 당시 좋아했던 같은 학교 남학생과의 관계가 어떻게 되는지 은근슬쩍 떠보기도 했지만, 할머니가 알려준 건 오직 자신의 미래뿐이었다.

내가 누군지 알게 된 것도 지은을 바라보는 내 눈빛이 일반적인 선후배나 친한 친구를 보는 눈빛이 아님을 직감했기 때문이었다. 그러니까 지금 내 앞에 있는 어린 수경도 엄마가 앞으로 어떤 인생을 살아갈지 모르고 있는 것이었다. 처장님은 왜 알려주지 않았을까. 생명 보호법을 어기게 되는 일이라서? 하나를 바꾸면 많은 것이 틀어지게 되어 정부가 맺은 협

약을 어기게 될까 봐? 그것도 아니면 세상에 내가 태어나지 않을까 봐?

"아직도 안 믿겨요. 지은이한테 이렇게 예쁜 딸이 생긴다는 게. 그런데…… 여기 왜 온 거예요? 지은이는 그쪽 현실에도 있을 거잖아요."

당신이 그토록 사랑하는 친구가 나의 세상에는 없다고, 미래의 어느 날 스스로 목숨을 끊었다고 차마 얘기할 수는 없었다. 나는 대신 다른 것을 묻기로 했다.

"혹시 D라는 기기에 대해서 알아요? 정식 명칭은 D-110인데, 혹시 처장님에게 들어본 적 있어요?"

나는 손목을 내밀어 D의 모습을 보여주었다. D의 아날로그 시계 화면이 떠올랐다. 유리 화면을 손가락으로 톡톡 치며 화면 전환을 해보려고 했지만, D는 화면을 바꿀 생각이 없어 보였다. 수경은 갈색 눈을 크게 뜨며 내게 말했다.

"그게 뭐예요?"

내가 처장님께서 연구 중이라며 시중에 없는 제품을 주신 거라고 말을 덧붙이는데, 수경이 불현듯 무언가 생각난 듯이 자신의 머리를 톡톡 치며 말했다.

"아, 할머니가 어렸을 때 무언가를 중요한 사람에게 전달해 준 적이 있었다고 했어요. 근데 자기가 만든 거라고 한 적은 없는데……. 분명 남에게 받은 걸 전달해 줬다고 하셨어요."

도대체 누가 이 스마트워치를 나에게 선물한 것일까. 3년 동안 그 어떤 사람보다도 가장 많은 시간을 함께한 기기였다. 나에 대해 나보다 더 잘 알고 있는 기기가 누구의 통제하에 있는 것인지조차 알 수 없다는 생각에 문득 두려움이 엄습했다. 그때 수경이 자리에서 일어서며 이야기했다.

"죄송해요. 저 이제 수업 시간이 다 돼가서 가봐야 할 것 같아요. 다음에 여기로 또 오는 거죠?"

그녀는 할머니가 된 자신처럼 나 또한 다시 만날 거란 확신에 찬 얼굴을 하고 있었다. 나는 고개를 끄덕이고 손 인사를 하며 수경을 떠나보냈다.

나는 수경과 앉아있던 벤치에 털썩 주저앉았다. 분수대는 여전히 시원한 물을 축제처럼 내뿜고 있었다. 대학생들이 까르르 웃으며 지나가는 소리가 들렸다. 내가 없었던 시절의 이곳은 완벽하지는 않지만 완전했다. 누구나 100점짜리 인생을 살고 있는 것은 아니지만, 모두 할 수 있는 최선을 다해 각자의 자리에서 한 걸음씩 나아가고 있었다.

내가 모든 것을 무릅쓰고 이곳으로 자꾸만 돌아온 것은, 이곳에서 어린 엄마와 함께 행복할 수 있다는 희망 때문이었다. 하지만 오늘 깨달았다. 이곳에 내 자리는 없다. 지은의 옆자리도, 한 번도 본 적 없었던 젊은 시절 아빠의 곁도 모두 내 자리는 아니다.

그때 D의 목소리가 들렸다.

〈회영 님, 하드웨어에 문제가 생긴 것 같아요. 연결이 되질 않아요. 한번 확인해 보세요.〉

너무나 덤덤한 D의 목소리에 나는 섣불리 별일 아닐 거라 치부해 버렸다. 한참을 분수대를 바라보다가 재킷 속에 손을 집어넣어 하드웨어를 꺼냈다. 그런데 하드웨어는 두 동강이 나 있었다. 그럼에도 덤덤한 건 내 쪽이었다.

〈너무 상심하지 마세요. 아까 책임님이 찾아왔었으니까 분명 어떻게든 우리를 찾아올 거예요. 그러니까 여기 가만히 있어요. 네?〉

나는 분수대 앞까지 걸어가 바람결에 함께 흩뿌려지는 물방울들을 맞아보았다. 물방울들이 분수대 밖으로 튀어 오르자 완연한 가을의 시원함이 더해졌다. 수업을 마친 대학생들이 분수대 앞에서 사진을 찍기 위해 삼삼오오 걸어오고 있었다.

나는 사람들을 피해 캠퍼스 밖으로 향했다. 도로 위 표지판을 보면서, 한강을 향해 무작정 걷기 시작했다. D는 목소리 대신 진동과 텍스트를 나에게 보내며 나를 진정시키려 노력했다.

〈기분 전환하려는 거죠? 잘 생각했어요.〉

〈기다리고 있으면 TF팀에서 찾으러 올 거예요.〉

〈혼이야 좀 나겠지만 뭐 어때요?〉

〈시간이 지나면 다 괜찮아질 거예요. 먼 훗날엔 오늘을 웃으며 떠올릴걸요. 제가 장담해요.〉

하드웨어가 고장 난 후 유일하게 좋은 점은 배터리가 방전될까 봐 걱정하지 않아도 된다는 사실이었다. 하드웨어에 남아 있는 에너지를 내 안의 어지러운 마음보다 먼저 헤아려야 하는 것이 비참하게 느껴진 적도 있었다.

나는 인파 속으로 파고들었다. 햇볕은 따스했고, 바람은 부드러웠다. 새파란 하늘에 뜬 뭉게구름마저 아이들이 스케치북에 그리곤 하는 모범 답안 같은 모양을 하고 있었다.

이제는 아무것도 신경 쓸 것이 없었다. 엄마에 대한 나의 죄책감도 마찬가지일 것이다. 이제는 두 번 다시 느끼지 않아도 되는 감정들이라고 생각하니 조금은 후련해졌다. 스쳐 지나간 순간일 뿐인데도, 수십 년이 흐른 듯 해묵은 감정처럼 낯설었다. 문득 코에서 흐르는 따스한 기운이 느껴졌다. 손으로 만져보니 피가 흐르고 있었다. 나는 무심하게 손등으로 코피를 닦아냈다.

어느새, 해는 한강을 향해서 가라앉기 시작했고, 나는 그 모습이 보이는 다리에 올랐다. 다리를 흔드는 강바람을 느끼며 걸음마다 엄마와의 추억을 꺼내 보았다.

"있잖아, 생각해 보면 엄마는 약속을 지키지 않은 때가 많아. 여덟 살 생일날도, 아무리 바쁜 일이 생겨도 일찍 오겠다고 약속했었어. 돌아가시기 며칠 전만 해도 항상 내 곁에서 날 지켜준다고 했었어. 난 그때마다 항상 엄마도 사정이 있어서 약속을 못 지키는 것이라고 생각했는데……. 그게 아니라 실은 나라는 존재가 엄마한텐 그렇게 중요하지 않았었나 봐."

〈회영 님, 여긴 왜 올라온 거예요? 설마…… 아니죠?〉

D의 목소리에서 떨림이 전해져 왔다. 나는 답하지 않고 손목에 채워진 D를 천천히 풀어보았다. 시곗줄의 버클이 잘 열리지 않았다. 마치 D가 떨어지지 않겠다는 듯 온몸으로 버티는 것 같았다. 하지만 어쩔 수 없었다. 나는 그 어느 세상에도 속하지 못하는 사람이었다. 이지은 법을 위반하지 않는 방법은 지금 여기에서 강물 속으로 영원히 사라지는 것뿐이었다. 이 순간을 위해 그동안 무수히 많은 시간을 과거로 숨어들어

왔는지도 모른다.

"엄마는 마음대로 행복하고 불행했으니까 이제 나도 다른 사람이 슬프고 아픈 건 신경 안 쓸래."

난간에 두 팔을 기댄 채 시곗줄을 놓는 순간, 그대로 D가 다리 밑으로 떨어졌다. D가 절규하듯 나를 부르는 목소리마저 이내 물속으로 가라앉고 말았다. 나는 천천히 난간 위로 올라갔다. 차들이 사람이 다리 난간 위에 서 있다고 예상하지 못하고 내 옆을 스쳐 지나갔다. 시원한 바람이 얼굴의 살갗을 타고 내 뒤로 흘러갔다.

이럴 줄 알았다면 조금 더 자주 한강을 바라보았을 것이다. 난간 위로 아빠를 따라 올라갔던 다원의 마음을 떠올렸다. 하늘을 보는 게 두려워서 눈을 감았다. 하드웨어를 사용할 때처럼 어지러움이 느껴지는 것 같았지만 곧 끝날 일이었다. 나는 잡고 있던 난간에서 손을 떼고 그대로 한강을 향해 떨어졌다.

첨벙 하는 소리와 함께 물속으로 떨어지는 순간 견딜 수 없는 고통이 찾아왔다. 그런 내 고통에 아랑곳없이, 내가 만든 물보라도 무심한 물결 속으로 금세 사라졌을 것이다. 누군가가 발아래에서 나를 잡아끄는 것처럼 점점 물속 깊은 곳으로 가라앉고 있었다. 숨이 쉬어지지 않았다. 컥컥거리며 내 안에 남아 있는 공기를 뱉어내며 고통에 몸부림치는 것도 잠시, 기억들이 떠올랐다.

'사실 무서웠거든요. 근데 물속에 빠졌을 때 이모 얼굴을 보니까 안심이 되면서도 조금 슬펐어요.'

'우리 팀에는 회영 선임처럼 상황을 객관적으로 보는 사람이 필요해.'

'회영 님이 허투루 쓰지 않을 걸 믿으니까 알려드리는 거예요. 전 회영 님 믿으니까.'

정말로 사소한 순간들이었다. 자판기에서 우유를 마실 때, 한참 농담 섞인 이야기를 할 때, 자길 따라오라며 진지한 얼굴로 내게 손짓을 할 때의 일들. 누군가가 내 귓속에 일부러 집어넣는 것처럼 너무나 선명하게 들려오는 주변 사람들의 다정한 목소리 때문에 나는 '살고 싶어졌다.'

분명히 매일같이 악몽을 꿨는데도, 우리 팀을 해체 직전까지 엉망으로 만들어버렸는데도, 그들을 저버리고 그만 살겠다는 마음을 먹었는데도, 그럼에도 그들의 곁에 남고 싶었다. 인위적으로 만든 맑은 하늘일지라도 서울 하늘은 정말로 파랗고 아름답다고, 한강은 이렇게 넓어서 언제나 넋을 놓고 바라보게 된다고, 밤에 옥상에서 마시는 맥주는 정말 맛있었다고 몇 번이나 고백하고 싶었다. 그때는 무심히 지나쳤던 사소한 행복을 이제야 느낄 수 있다는 마음에 허망했지만 간절했다.

물속에 가라앉는 내 몸을 꺼내기 위해 안간힘을 다해 발길질해 보았지만, 쉽사리 물 위를 향해 올라갈 수 없었다. 강물이 있는 힘을 다해 나를 막아서는 것 같았다. 팔다리를 움직이는 것조차 내 의지가 아닌 것 같았다. 그렇게 얼마나 물결 속에서 사투를 벌였을까. 두 손과 발의 힘이 점점 빠지고 있었다. 더는 손과 발이 움직이지 않았다.

나는 두 눈을 감았다. 더는 힘들다고 생각할 때, 누군가가 내 두 손을 잡고 끌어 올렸다.

"괜찮아요?"

나를 부르는 목소리가 들렸지만 도무지 눈이 떠지지 않았다. 흠뻑 젖어 있는 내 손과 발이 조금씩 움직인다는 사실을 깨닫고 나서야 누군가에 의해 물 밖으로 나왔다는 사실을 알 수 있었다. 끊임없이 나를 부르는 목소리는 지나치게 익숙했다. 마치 매일 들었던 것처럼…….

"D……?"

나는 있는 힘을 다해 눈을 부릅떴다. 나보다 어려 보이는 한 여성이 걱정스러운 얼굴로 나를 바라보고 있었다. 내가 몸을 일으키려고 하자, 그는 더 쉬어야 한다며 부축해 눕혀주다가 참지 못한 사람처럼 나를 와락 껴안았다. D가 단순한 인공지능이 아니라 살아 있는 사람이었다는 건가. 나는 그녀의 어깨를 살짝 밀어내며 입을 열었다.

"누구……세요?"

그녀의 옅은 미소가 물결처럼 입가에서 얼굴 전체로 번져나갔다.

"저…… 누군지 정말 못 알아보겠어요?"

그의 말을 듣고 나니 어딘가 낯이 익었다. 동그란 이마에 단정한 눈썹, 빠져들 것 같은 검은 눈동자 아래에 점을 보고 떠오르는 사람은 한 명뿐이었다.

"다원이?"

"기억났다니 진짜 다행이에요."

다원은 내가 30년 전으로 돌아가 처음 엄마를 마주했던 순간처럼, 나의 이목구비를 하나도 놓치지 않고 전부 외우려는 듯 내 얼굴을 넋을 놓은 채 바라보고 있었다.

"내가 나중에도 살아 있어요? 더 늙어서도?"

다원이 장난스레 고개를 저으며 웃었다.

"얼마나 건강한지 제가 꼼짝도 못 해요. 오늘도 본인이 직접 온다는 걸 겨우 말렸는걸요."

흠뻑 젖은 다원이 그제야 자신의 옷을 비틀어 강물을 짜냈다. 그 와중에도 내 얼굴에서 눈을 떼지 않았다. 나는 다원이 D에 대해서 알고 있는지 궁금했다.

"그쪽 목소리……. 내가 들고 다니던 스마트워치랑 똑같은 거 알아요?"

"아, 그거……."

다원은 D에 대해 알고 있는 듯 의연하게 내 옆에서 물기를 닦아주며 대답했다.

"제 목소리를 추출해서 만든 시계니까요. 그 시계 회영 님이 직접 만든 거잖아요. 스물여덟 살의 회영이는 너무 외로워서 자기가 도와줘야 한다고. 자긴 그 시절의 회영이가 제일 애틋하다고."

엄마가 돌아가시고 문득 찾아와 유령처럼 내 곁에 머물기 시작한 외로움은 나를 집요하게 괴롭혔다. 세상에서 나를 가장 소중한 이로 꼽아줄 이가 없다는 사실을 깨달을 때마다 나는 감기에 걸린 듯 세상을 앓았다. 하지만 엄마가 돌아가신 후에도 세상에서 나를 가장 소중하게 생각해 줄 수 있는 사람은, 바로 나였다.

우리는 한동안 말없이 자리에 앉아 있었다. 강물에 젖은 상태인 데다가 해가 진 쌀쌀한 날씨에도 하나도 춥지 않았다.

"이제 돌아가요."

다원이 내 얼굴에 새로운 하드웨어를 씌워주자 하드웨어는 내 얼굴 크기에 맞게 자동으로 조절되었다. 손으로 하드웨어를 만져보니 내가 쓰던 것보다 훨씬 매끈한 느낌이었다. 나도 모르게 타임 리프를 위해 눈을 감았다.

다원은 미래의 내가 전해줄 말이 있다며 내 옆에 바싹 다가왔다. 감은 눈 덕에 캄캄한 세상 속에서 다원이 목을 가다듬으며 작게 마른기침을 하고는 내 귀에 대고 작게 속삭였다.

"그러니까 회영아, 오늘의 너를 부탁해."

분명히 다원의 목소리였는데, 마치 먼 훗날의 내가 말하는 듯한 울림이 전해졌다. 주변이 조금씩 흔들리는 게 느껴졌지만 예전 하드웨어만큼 어지럽지는 않았다. 미래엔 하드웨어도 지금보다 더 좋아져 있겠구나 생각하는 사이 주변이 서서히 밝아졌다.

○●○

따뜻한 온기에 눈을 떠보니 사무실이 아닌 내 방 침대에 누워 있었다. 익숙한 블라인드 너머로 햇볕이 최선을 다해 나를 감싸 안았다. 집에 돌아왔다는 사실에 안심이 되어 나는 그대로 잠들어 버렸다.

다음 날, 악몽을 꾸지 않고 잠에서 깨어났다. 말로 표현할 수 없을 만큼 커다란 후련함과 허전함이 동시에 몰려왔다. 일어난 뒤에도 방전된 스마트폰을 거실 탁자 위에 놓아두었다. 누군가와 연락하기 전에 D가 없는 세상에 익숙해져 보기로 했다. 사놓은 후 한동안 읽지 못한 책을 읽었고 TV로 볼만한 프로그램을 찾아 헤맸다. 적막 속에 저녁밥을 먹은 후 설거지를 하고 거실로 돌아오려는데 식탁 위 약봉지가 눈에 띄었다.

'먹을까 말까, 할 땐?'

D의 밝은 목소리가 거실에 울리는 것 같았다. 너무나 생생해서 나도 모르게 손목을 바라보았지만, 당연히 손목은 허전했다. 거실 위 충전기 역시 마찬가지였다. 슬펐지만 실망하지 않았다. 이제 나는 D 없이도 홀로 살아갈 수 있으니까.

"먹을까 말까 할 땐 먹는다."

D가 했을 대답을 대신 하고는 약을 삼켰다. 알약이 식도를 지나 몸속으로 들어갔다. D가 이 모습을 보았으면 정말로 뿌듯해하며 칭찬을 남발했을 거라고 생각하니 나도 모르게 웃음이 났다.

○●○

일주일이 지난 후였다. 소파에 쭈그린 채 로봇 청소기가 거실을 청소하는 모습을 바라보고 있는데, 초인종 소리가 들려왔다. 호기심보다 두려움이 앞섰다. 인터폰 홀로그램을 통해 문 앞에 서 있는 사람이 이선이라는 사실을 알았을 때도 두려움은 사라지지 않았다. 또 무언가가 잘못되었다는 말을 전하러 왔을까 봐. 그래서 그가 나를 비난할까 봐. 이선은 몇 번 초인종을 눌러도 나오지 않는 나를 기다리지 않고 돌아섰다. 화면을 통해 사라지는 이선을 보니 다원이 귓가에 속삭여 주었던 말이 떠올랐다. 더 이상 전처럼 현실에서 도피하며 살아갈 수는 없다. 마음을 먹고 나서도 발걸음을 떼기는 쉽지 않았다. 하지만 결국 문을 열고, 슬리퍼를 신는 것도 깜박하고는 엘리베이터 앞까지 이선을 따라갔다.

"책임님."

엘리베이터를 향하고 있던 그가 뒤돌아 나를 바라보았다. 자신을 불러 세운 사람이 나라는 걸 확인하고는 따스한 미소를 건네주었다.

"집에 계셨네요. 핸드폰도 꺼져 있고, 집에 안 계신 줄 알고 어디서 찾아야 할지 걱정했는데. 다행이에요."

"집까지 무슨 일이세요?"

"처장님께서 찾으셔서요. 징계위원회 결론이 났다고 하시면서……."

이선의 미소가 흐릿해지더니 이내 말끝을 흐렸다. 나는 회사에서 내 처분이 내려질 예정이라는 사실을, 아직 긴 꿈에서 깨어나지 못한 사람처럼 애써 잊으려 했었나 보다. 하드웨어를 사용하기 직전 희태와 싸웠던 순간이 기억났다. 희태는 내가 새로운 하드웨어를 사용했다는 것도 모르고 사라졌던 그 장소로 돌아오길 기다리고 있을지도 모른다. 어쩌면 또다시 감사실에 신고했을지도…….

"희태 씨는…… 잘 있어요?"

"못 본 지 겨우 일주일 지났는데 어디 멀리 다녀온 사람처럼 안부를 물어보네요.”

이선이 말을 이었다.

“회영 님 가시고 첫날은 몸이 아프다고 연차를 썼더라고요. 그다음 날부터는 출근해서 계속 사무실 대기 중이에요. 오늘도 같이 오자고 했더니 몸이 안 좋다고 하더라고요.”

자신의 말을 저버린 채 또 하드웨어를 사적으로 쓴 나를 보러 오는 것이 불편했을 것이다. 더는 희태에게 변명을 늘어놓을 필요가 없을지 모른다. 징계위원회에서 해고 처리되면 만날 날도 며칠 남지 않았을 테니까.

○●○

이선이 운전하는 차를 타고 생명보호처 건물로 향하는 중이었다. 운전석에 앉은 이선이 눈은 도로에 집중한 채 그동안 자신이 무슨 일을 하고 지냈는지 쉼 없이 말하기 시작했다. 내게는 무얼 하고 지냈는지, 어디 다녀온 곳은 없는지 묻지 않는 사려 깊은 무관심이 고마웠다. 하지만 내겐 고백해야만 하는 일이 있었다.

“제 하드웨어 말인데…… 잃어버렸어요. 자세히 말하자면 긴데……. 완전히 고장 나버려서 다른 사람이 쓸 일은 없을 거예요.”

순간 이선의 침묵이 길어졌다. 앞차가 갑작스레 속도를 줄이는 바람에 그 역시 천천히 속도를 줄여나가며 입을 열기 시작했다.

"제가 왜 회영 님 배터리를 늘려주었는지 아세요? 실은 하드웨어에 숨겨진 기능이 하나 있거든요."

"타임 리프 기록이 남아 있나요?"

"아니요, 그 기능은 개인 정보와 관계된 거라 회영 님 동의 전에는 넣을 수 없어요. 대신 긴급 상황을 파악하기 위해 타임 리프 기간 동안 홍채의 변화가 제 개발실로 전송돼요. 그러면 3차원 모델링을 통해 표정을 읽을 수 있거든요. 꼭 회영 님 얼굴을 카메라로 찍는 것처럼요. 평소에 전 회영 님이 잘 웃지도, 울지도 않는 텅 비어 있는 사람 같다고 생각했어요. 그래서 왠지 친근하게 느껴졌어요. 저도 엄청 잘 짓는 표정이었거든요. 그런데 일 끝난 후에 몰래 타임 리프를 하는 회영 님은 세상 누구보다 환하게 웃고 있는 거예요. 눈빛도 따뜻하고요. 회영 님이 누굴 그렇게 애틋하게 바라보나 궁금했었어요."

엄마를 마지막으로 만났을 때 찾아왔던 이선의 얼굴이 떠올랐다. 나는 언제나 모든 준비가 끝난 후에, 내게 그럴 만한 자격이 생긴 후에야 소중한 사람들과 진심을 만끽하겠다고 다짐했었다. 하지만 그 순간은 찾아오지 않았다. 엄마와의 여행도, D와의 마지막도……. 더는 마음속 진심을 언제 올지 모르는 아득한 미래로 미루고 싶지 않았다.

"책임님도 잘 웃으시던데요?"

나의 뜬금없는 말에 이선이 고개를 갸웃했다.

"제가…… 언제요?"

"맥주 마실 때요. 텀블러에 혼자 넣어 드셨을 때."

이선이 작은 꽃봉오리가 터지듯 하얀 이를 드러내며 웃었다. 나도 저렇게 환하게 미소 지었던 걸까. 나는 물속에서 다짐했던 결심을 꺼냈다.

"그때 옥상에서 같이 마신 맥주, 맛있었어요. 시원하기도 하고."

이선이 미처 예상치 못한 말이라는 듯 잠깐 내 얼굴을 바라보았다.

"저도요. 회영 님이랑 같이 마시니까 더 맛있었어요. 나중에 또 마셔요. 옥상보다 더 경치 좋은 곳에서."

이상하게도 그 말을 듣는 순간, 그제야 다시 현실로 돌아왔다는 게 실감이 났다. 나를 위해 시간과 마음을 써주는 사람들이 아직 이곳에 있기에 그리고 누구보다 나를 사랑하는 나를 위해서라도 더는 도망치며 살지 않아야겠다는 생각이 들었다. 미래의 나를 위해서는 현재의 내가 바뀌어야 한다. 창밖으로 보이는 푸른 하늘이 시리게도 아름다웠다.

창문을 살짝 여니 바람이 내 뺨을 간지럽혔다. 사이드미러로 보이는 내 얼굴에서 입꼬리가 희미하게, 하지만 아주 분명히 올라가는 게 보였다.

생명보호처 건물 유리창이 햇빛에 반짝이며 제 위용을 뽐냈다. 처장님 방까지 가는 길이 예전보다 길게 느껴졌다. 느릿한 걸음으로 도착한 처장실에 노크했을 때, 처장님은 내가 징계 같은 건 받은 적이 없는 것처럼 나를 반겨주셨다. 오히려 그런 따스함이 나를 위축시켰지만 어쩔 수 없는 일이라고 나 스스로를 다독였다. 따뜻한 커피 두 잔이 처장님과 나 사이에 놓였다. 나는 처장님의 무슨 얘기든 받아들일 준비가 되어 있었다. 그런데 처장님은 전혀 예상하지도 못한 얘기를 꺼내 나를 놀라게 했다. 하마터면 눈앞에 놓인 커피를 쏟을 뻔했다.

"해고가 아니라 팀장이요?"

처장님은 예상한 듯 미소를 지으며 답했다.

"그래, 우선 지금은 팀장 대행이야. 남연우 팀장도 괜찮아지면 다시 돌아올 거니까."

처장님은 커피를 들어 한 모금 마셨다. 볶은 지 얼마 안 된 부드러운 커피 향이 사무실에 은은하게 퍼지고 있었다.

"저, 저는…… 정직 상태에서도 하드웨어를 멋대로 이용했는데요."

나의 대답에 처장님은 그런 답이 돌아올 줄 예상한 얼굴이었다.

"그 전에 다원이를 구해줬지. 생명보호처의 존재 이유를 몸소 눈앞에 보여준 거야."

무어라 더 말을 하고 싶었는데, 문 너머로 노크 소리가 들렸다. 비서가 들어와 손님이 기다리고 계신다는 이야기를 전했다. 조만간 발령이 날 예정이니 잘 채비하라는 처장님의 당부와 함께 처장실을 나왔다.

복도를 걸으며 생각했다. 자격이 없다는 생각은 이제 하지 않기로. 내 앞에 놓인 모든 것들을 부딪치며 살아갈 것이다. 어색해져 버린 사무실에 들어가기 전 나도 모르게 노크를 했다. 아무 대꾸도 없어 문을 열려는데 찰칵 소리와 함께 문이 열렸다. 희태가 문 앞에 서 있었다. 아직은 원망이 남아 있는, 그런데도 보고 싶었다는 말이 필요 없는 그 눈빛이 나를 안심시켰다.

"잘 지냈어?"

어렵게 꺼낸 인사에도 희태는 나를 바라보기만 했다. 가까운 거리에서 눈을 마주치고 있기가 어색해 희태를 피해 사무실 안으로 들어가려고 했지만 우뚝 선 희태는 비킬 생각이 없어 보였다. 몇 번을 문과 희태 사이로 비집고 들어가려다 조금 억울한 마음에 희태의 얼굴을 올려다보는 순간, 커다란 형체가 그대로 나에게 쏟아져 들어왔다. 무슨 일인지 채 알아차리기도 전에 울먹거리는 희태의 목소리가 들렸다.

"얼마나 걱정했는지 아세요? 그렇게 사라져 버려서 아무리 기다리고 밤을 새워도 돌아오지도 않고, 과거에서 못 돌아오는 줄 알고 얼마나 걱정했다고요!"

희태의 심장 소리가 내게 전해져 왔다. 그동안 보았던 희태의 눈물과는 다르게 다가왔다. 변한 것은 희태의 행동이나 마음이 아니라 나였다. 모든 것을 그대로 받아들이겠다고 마음먹었을 뿐인데 세상이 전과 달라져 있었다.

○●○

한 달 후, 처장님의 말대로 나는 생명보호 TF팀의 팀장이 되었다. 더 놀라운 변화는 논의 끝에 정부가 우리 업무를 기관 내부뿐 아니라 일반 대중에게도 공개했다는 사실이다. 기자회견이 있었던 날, 이선은 하드웨어의 원리에 관해 설명했고, 희태는 하드웨어를 통한 시간 여행, 타임 리프를 즉석에서 보여주었다. 처음에는 단순히 믿지 못했던 사람들도 생중계 중 사라졌다가 나타나는 희태의 모습에 반응이 나뉘었다. 생명보호처에는 모든 게 거짓이라는 비난과 입사를 원한다는 지원이 동시에 폭증했다. 하드웨어 역시 전보다 한층 높은 수준으로 보안이 되었고 타임 리프 내역이 기록되도록 업그레이드되었다.

"이 팀장님, 손님이 찾아왔는데요?"

나의 비서를 자처하는, 우리 팀의 새로운 직원이 된 이선이 웃으며 사무실 문을 활짝 열어 보였다. 그곳에는 어린 다원이 수줍게 서 있었다. 나는 얼른 일어나 다원을 반겼다. 그사이 다원이의 키가 조금 자란 것 같았다. 살은 조금 빠졌지만 부끄러워 살짝 숙인 다원의 빰은 솜털이 보이는 듯 보송해 보였다. 아이의 손에는 꼬깃꼬깃한 종이 가방이 하나 들려 있었다.

이선이 따뜻한 유자차 두 잔을 가져다주었다. 다원은 목이 말랐는지 유자차가 담긴 잔을 호호 불어 마시고 나서는 결연한 얼굴로 내게 말했다.

"저도 나중에 커서 꼭 이 팀장님 같은 멋있는 사람이 될 거예요. 그리고 이거……."

다원이 들고 온 종이 가방을 내밀었다. 열어보니 하얀 플라스틱 손목시계가 하나 있었다. 선물을 고르고 골랐을 다원의 모습이 보이는 것 같았다. 다원은 내 반응을 기다리며 말을 이어갔다.

"저 때문에 물에 뛰어들어서 그때 차고 있던 시계 망가졌을 것 같아서……."

"망가지긴 했는데 너 때문은 아니야."

활짝 웃는 내 미소에 다원은 뿌듯한 듯 새하얀 이를 드러내며 나를 따라 웃었다. 지금 보니 웃는 모습이 나와 닮아 있었다. D의 아름다운 목소리의 비밀이 떠올라 다원에게 말했다.

"다원아, 너 드뷔시의 '달빛'이라는 음악 들어봤어?"

○●○

아침부터 손님을 맞이하기 위해 부지런히 장을 보았다. 요리와 청소를 동시에 하느라 오랜만에 집이 소란스러웠다. 할 줄 아는 요리가 많지 않았다. 손님이 좋아할 만한 음식이 무엇일까 고민하다 결국 떡볶이를 만들기로 정했다. 떡볶이를 다 만들어갈 즈음 주차장에 손님이 도착했다는 알림 소리가 들렸다. 얼른 음식을 식탁에 옮겨놓고 현관으로 나가보았다. 밖에 나가서 맞이해야 하나 고민하는데 벨이 울렸다. 문을 열자 이선과 다원이 보였다.

"안녕하세요."

집에서 듣는 다원의 목소리는 다른 곳에서보다 더 익숙하고 포근했다. 앞으로 더욱 자주 들을 수 있다는 생각에 절로 미소가 지어졌다.

"죄송해요. 조금 늦었죠? 새 차를 자율주행으로 바꾸었는데 도저히 믿고 탈 수가 없어서 직접 운전해서 오는 바람에……."

"괜찮아요. 얼른 들어오세요. 다원아, 이모가 떡볶이 만들었는데 떡볶이 좋아해?"

다원이는 신난 듯 빠르게 고개를 끄덕였다. 다원이의 입맛에 맞을까 걱정했는데 걱정이 무색할 만큼 한 그릇을 뚝딱 비워냈다. 이선이 설거지를 하겠다며 그릇을 들고 주방으로 간 사이 나는 다원에게 집을 구경시켜 주었다.

집안 곳곳을 둘러보고 마지막으로는 엄마의 방문을 열었다. D가 사라진 이후로 한 번도 열어본 적이 없는 문이었다. 어른이 된 다원의 말에 따르면, 언젠가 다원이 살게 되는 공간이었다. 그 일이 언제 어떻게 시작되는지는 알 수 없다. 내가 할 일은 그날이 올 때까지 기대를 소중히 껴안은 채 또 하루를 살아내는 것, 그뿐이었다. 다원은 조심스럽게 엄마의 방에 들어갔다. 책장에 꽂혀 있는 책들을 읽어도 되냐는 질문에 나는 전부 다 읽어도 좋다고 답하고는 먼저 거실로 나왔다.

이선이 사 온 아이스크림을 그릇에 담고 있는데 다원이 무엇이 급한지 방에서 뛰쳐나왔다. 손에는 접힌 자국이 있는 종이 한 장이 들려 있었다.

"이거 이모 그림 맞죠?"

엄마의 책장 속에 숨겨져 있던 종이 한 장. 30년 전 엄마가 나를 그려준 그림이었다. 그땐 분명히 스케치만 하고 나왔었는데. 나를 만난 후에 더 그렸는지 파스텔로 색도 입혀져 있었다. 천천히 그림을 살펴보다가 그림 속 내 얼굴 옆에 흐릿한 연필로 적힌, 아주 멀리서 찾아온 안부 인사에 나는 할 말을 잃고 말았다.

나의 사랑하는 회영이 언제나 행복하길.

울음을 감추려 나도 모르게 다원에게 두 팔을 벌렸다. 다원은 기다렸다는 듯 내 품에 안겨주었다. 지금 막 움튼 새싹 같은 작은 손이 내 등을 토닥였다. 다원의 품은 엄마의 품만큼 따뜻했다. 완벽하진 않지만, 완전한 행복이었다.

자살 신호가 감지되었습니다

2022년 10월 26일 초판 1쇄 발행

지은이 정온샘
펴낸이 박시형, 최세현

책임편집 김명래 **디자인** 윤민지 **교정교열** 이민영
마케팅 양근모, 권금숙, 양봉호, 이주형 **온라인마케팅** 신하은, 정문희, 현나래
디지털콘텐츠 김명래, 최은정, 김혜정 **해외기획** 우정민, 배혜림
경영지원 홍성택, 이진영, 임지윤, 김현우, 강신우
펴낸곳 팩토리나인 **출판신고** 2006년 9월 25일 제406-2006-000210호
주소 서울시 마포구 월드컵북로 396 누리꿈스퀘어 비즈니스타워 18층
전화 02-6712-9800 **팩스** 02-6712-9810 **이메일** info@smpk.kr

ISBN 979-11-6534-587-7 (03810)

쌤앤파커스(Sam&Parkers)는 독자 여러분의 책에 관한 아이디어와 원고 투고를 설레는 마음으로 기다리고 있습니다. 책으로 엮기를 원하는 아이디어가 있으신 분은 이메일 book@smpk.kr로 간단한 개요와 취지, 연락처 등을 보내주세요. 머뭇거리지 말고 문을 두드리세요. 길이 열립니다.